不華麗也可以轉身

雙聲同步，口譯之路

陳安頎 著

語言遞嬗之外，
那些撼動靈魂的瞬間。

推薦序

觸動人心的生命樂章

陳子瑋　國立臺灣師範大學翻譯研究所所長

如果可以用一句話來形容陳安頎老師的這本著作《不華麗也可以轉身：雙聲同步，口譯之路》，那就是「跟讀者說心裡話」。陳老師在這本書中的每一次轉身，都帶給讀者她這幾年生活、經驗的一個不同面向。每個故事不僅各自精采，也交織成為一首觸動人心的生命之歌。故事縱使不走華麗取向，但每一篇都精彩。這種精彩來自作者對於周遭世界的深刻體會和動人的說故事能力，帶領讀者一起悠遊學界、家庭及專業領域。

陳老師從年輕時就開始展現文采，大學之前就已經有作品出版。近幾年來在繁重的教學之外，也從事口譯工作。除教學備受學生好評之外，口譯工作也頗有進展，逐漸在業界嶄露頭角。然而，在如此繁忙的工作負擔之下，還能夠著作不斷，集結多篇著作而成書，實在是令人敬佩。

這本書分為三大部分，第一部分是口譯的實際經驗，第二個部分是教學心得，第三個部分則是學習口譯跟攻讀博士學位的歷程。書中故事的題材很多事實上都是學界跟業界非常關注的重大議題。例如第一部分裡的難民小媽媽、警局、醫院、老婦人都是七〇年代以來學界極為關切的「社區口譯」的經典題材。所謂「社區口譯」，指的是大量移民進入主流社會過程中，在移民事務、醫療、法律、日常生活所需要的口譯服務。目前臺灣大約有近十八萬非中文母語的婚姻移民，還有六十多萬短期居留的外籍勞工，社區口譯的需求也很大。

如果大家在被這些故事感動之餘，還能收拾一下心情，就請想像一下，自己如果是這些事件的口譯人員，翻譯過程最難的是什麼？過去口譯界的主流思想是口譯員的角色是傳聲筒，說得白話一點，就是不用插電的人肉翻譯機。強調口譯人員是絕對中立、沒有立場的工具人。讀過陳老師書中的故事之後，相信一定很多人無法想像在那一種情緒張力緊繃的現場，要口譯人員保持中立是一件多麼困難的事。陳老師在書中用了她獨特的敘事手法，讓讀者有如親臨現場，文字充滿感情，但對於場景及過程，卻又冷靜地剖析了其中的要旨。這些故事對於提升社會大眾認識「社區口譯」而言，可以說是最有用的素材。

口譯現場的好幾個故事也帶讀者們親臨國際賽事現場，讓大家體會一下國際場合的合縱連橫及瞬息萬變，相對於「社區口譯」的小故事，這些大場面對於嚮往登上世界舞台的讀者，應該算是讓大家不會只是看熱鬧，同時也看門道。

教學篇的文章也同樣令人驚艷，陳老師很勇敢，而且詳實地把許多老師共同的體會和心情形諸文字。相信師生的互動描寫也能讓老師跟學生更加互相了解，也於字裡行間處處發人深省。

最後，謹借用陳老師大一新生的用語，向大家推薦這位長得好像大一新生，又像妙麗的陳安頎老師的這本最新著作。生命非關華麗，期盼大家一起跟陳老師品味生活的精彩。

推薦序

陳瑞清
美國蒙特雷國際研究學院翻譯研究所副教授
中英翻譯課程部主任

賣口譯的小女孩，最真實的口譯世界故事

第一次見到安頎，是在二〇〇六年秋天，當時我在國立臺灣師範大學英語系開設基礎口譯課程，安頎是我班上的大四學生。初次見到她，感覺是個彬彬有禮的好孩子，一雙大眼睛顯得特別聰慧，言談舉止大方得體，給我留下深刻的印象。一個學期下來，安頎的口譯表現著實不錯，是前段班的學生，也讓我看到她的潛力。

學期結束之後，我前往美國任教。再次見到安頎時，已是二〇一四年的十月，當時我受邀到廈門大學擔任海峽兩岸口譯大賽評審。坐在位子上的我，突然感到身後有人拍了一下我的肩膀，回頭一看，竟然是八年不見的安頎。當時她剛拿到英國里茲大學口譯教育博士，準備在口譯界大展身手。趁比賽空檔時間，我與安頎聊了好一陣子，傾聽她在英國求學及做口譯的辛酸史、未來的發展目標與理想，也再次感到她對口譯工作的執著與熱情。

目前在大學任教的安頎，仍致力於政府部門與民間的口譯工作，並將她歷年來的口譯見聞寫成《不華麗也可以轉身：雙聲同步，口譯之路》一書，以各種各樣動人的小故事細細鋪陳出專業口譯員眼中才見得到的秘辛，例如法庭裡處於絕對弱勢的難民母親、為臺灣外交打拼的世界技能大賽選手、譯者與客戶之間的患難交情、人世間無解的現實衝突、口譯員眼裡的大人物世界等等。從這本書裡，我看到口譯界如萬花筒般的真實血淚故事、譯者的專業與執著、理想與現實之間的來回衝撞、還有安頎在她的口譯工作中所注入的溫度與情懷。

一般人所認知的口譯生涯是光鮮亮麗、浮華與尊榮，「賣口譯的小女孩」安頎給了我們難能可貴的口譯真實面。有了她專業與中肯的詮釋，真正的口譯世界拼圖總算找回遺失已久的缺塊，完整圓滿的呈現在我們面前。

推薦序

大千世界裡貢獻己力

范家銘　國立臺灣大學翻譯碩士學位學程助理教授

許多人學口譯的初衷是想助人溝通，但在辛苦漫長的養成過程裡，有些人被磨鍊得只剩下技巧，忘記溝通，有些人則被現實沖昏了頭，口譯只為名利，不再助人。要能不忘初衷，除了得反求諸己，檢視自己工作前後的心態及工作當下的表現，還得擴大深化自己的生命體驗，努力瞭解其他人的生命與價值觀。口譯員唯有更多的同理心，才能聽得更深刻，分析得更準確，譯得更到位，講得更適切。安頎帶著語言優勢與敏銳的觀察力，讓我們領略一名渺小的口譯員如何在大千世界裡貢獻一己之力。

推薦序

愛不只是用言語感動人心

張淯　獨家報導集團總裁

從事媒體多年，曾寫下無數的文字，我一直篤信著，只要有一句話、一個故事能感動一個人，甚至影響他未來的人生，一切就值得了。因為，以溫暖的文字力量匯聚而成的能量，自然會產生良善的循環。正能量的生命故事不僅影響生命、感動生命，也激勵著我們前行的每一步。

在一場課程中與安頎相識，她是一位勇於活出自我的優秀青年，對她掌握住每一個學習的契機，積極的工作態度，所展現出的智慧與生命力量，油然地產生一股感動。

身為口譯教育的推廣者，安頎不只是在語言上做翻譯，更透過自身的專業，貼切的傳遞不同文化間彼此的情感，讓翻譯不只是工具，更是串聯人與人之間情感的橋樑。如今有機會藉由《不華麗，也可以轉身》一書更加瞭解安頎成長經歷和人格養成，深深被她遠大的夢想和實行的勇氣所吸引。

每個人或多或少都會面對人生的考驗，而我始終以「身為媒體經營者，如果沒有遭逢這些逆境，如何真正成為人民的公器？」來自我激勵，一直秉持著那顆真誠的初心，堅持至今！

我相信愛不是只用言語感動人心，更要落實在生命當中，期盼每個人也都能不斷自我突破，並且堅持理念直至實現自我。

推薦序

聽安頎說故事有感：心、新、欣

王慧華　國立臺灣師範大學英語系副教授

安頎喜歡說故事，也喜歡聽故事，我也先來說說跟安頎之間的故事。記得在十二年前左右剛拿到博士學位，安頎是我拿到學位之後，第一批教的學生。當時教英語高級寫作班，安頎在班上總揚起那雙亮晶晶的眼睛，看著我、聽著我講課，讓我內心充滿了無限的鼓舞與能量。其實那時候，我只是個菜鳥老師，第一次教英語高級寫作，還跟前輩請教了不少才敢上陣，安頎那時候讓我這個菜鳥老師，覺得自己像個巨星老師。讀了安頎從小到大的學習過程及口筆譯生涯故事之後，才知道，原來安頎的父母親教導她的，就是都要看人間的真善美；也許我不那麼的完美，但在安頎的眼中，我找到了身為一個老師的價值，就是師生彼此看到彼此的亮點，幫助彼此成長。讀者看了安頎的故事，也許也會找到自己生命的亮點喔！

讀完安頎的生命故事後，內心浮現了三個字：心、新、欣。真心的心，新奇的新，欣然的欣，最後，還要再加上一個溫馨的馨。

一打開安頎的生命故事，眼睛捨不得離開，每一篇都像精雕細琢的藝術品，裡面充滿了人與人之間真心、情感的交流，寫實的描繪；讓人想一篇又一篇地，欣賞品味下去，讀每一篇一開始的心情，就像一個等待一年一次聖誕禮物的孩子，期待安頎下一篇新奇的生命扉頁。從安頎小時候的羞澀，到第一次到新加坡，所接受到異文化的衝擊跟洗禮，再到英國，那一幕幕充滿了巨大挑戰的生活旅程；接下來，在大學教書的一些酸甜苦辣，讓人完全感受到她筆觸的細膩、對生活的認真。安頎的生命，變成了文字藝術後，不管是情感的酸甜苦辣，或是人間的貪瞋癡慢，喜怒哀樂，整個被昇華了；情感不再只是情感而已，而變成了人類本來如是的一個存在紀錄，因此，釋然歡欣之情，油然而生。讀者也可以透過安頎的文字看自己的人生，重新品味生命，覺得作者就像自己交往多年的好友。

每篇文字紀錄，有恍然大悟的覺醒，有存而不論的結局，也有動人心弦的溫馨感受。結論裡面，我印象最深刻的，就是安頎說的，就把生命記錄下來，也許當時並不明瞭，但是後來也許就能夠了悟了。

這是安頎的第二本著作，我已經開始期待她下一本著作了。謝謝妳，安頎。

推薦序

在這個場域的專精與堅持

許永昌 斗六家商校長

一位專家有一令人信服的表現，表現出其所代表「在中文與英文之間，有個場域」其間的交流、互信、清晰的傳遞訊息，讓彼此的信念與思維，得以交流，讓事件得以平順而完美的達成，讓彼此之間獲得充分的瞭解，進而能溝通、信賴，建立起彼此的友誼。而這一切都是因你在這個「場域」中專業的、真誠的、合宜的表現所得到的成果。

安頎，正是表現出這種令人信賴、專業、合宜且適切的譯者，將這個領域的種種因緣、輕重、專業、細細思索……，來分享、引導你進入這個場域之中，讓你我知道其中的點滴、美雅、溫馨、清晰、真誠、負責，實在令人讚賞。

與安頎的認識，從她在英國里茲大學攻讀口譯博士的時期，令我感受到一位專業學者正逐漸的養成，表現出在這個場域的專精與堅持，今其第二本的著作完成之際，令我感到激賞與佩服，特予推薦及分享，讓我們一起踏入這個「在中文與英文之間的場域」，一起感受、一起學習及一起成長！

推薦序

一本影響人心的好書

吳佰鴻　諾浩文創科技　董事長
艾美普訓練　總經理
臺北市企管顧問職業工會　創會長
中華兩岸創業發展協進會　創會長

自我投入培訓教育事業已超過二十年光陰，輔導過的學生不計其數，最大的喜悅就是看見學生藉由課程提升自我價值，其中當然也包括增強語言能力。現今社會的生存模式已不可同日而語，大學畢業更不能代表任何意義，因此我積極提供各式各樣的潛能開發課程、舉辦「華人好講師」賽事、出版書籍作品……等，期盼多盡一點心力，協助更多人成就人生夢想。

書本擁有影響人心的力量，能夠啟發人們思考，因此我非常喜愛閱讀，繁忙公事之餘，依然會保握時間，讓自己沉浸在浩瀚書海中。而在《不華麗也可以轉身》一書中，作者分享了自己一路走來的人生歷程，每篇都引人省思。

我常年受邀至海外各地演講，深知增廣視野的重要性，想要追尋卓越、走向國際，語言只是第一步，更重要的是如何跨出自我藩籬，放大未來無限可能性。因此，想要打開生命的格局，就從此刻開始吧！期盼透過這本書，各位讀者能找到自我的核心價值，活出屬於你的精采人生。

自序

雙聲同步，我的口譯之路

陳安頎　二〇一八年六月於淡水

從小家裡不看電視，與書本為伍，最喜歡巴著父母講一整個晚上的床邊故事。後來跟著當國文老師的媽媽學朗讀演講、寫書法背古文，文字成了我最親密的玩具。求學時期，木訥害羞又資質駑鈍，上學很大的動力是去閱報區找國語日報上有沒有自己的作品。

高中唸文組，被數學老師判定「邏輯不好，因此不能唸法；算數太差，因此不能唸商」，只剩下學語文一個選項。原本以為會繼承母親衣缽進入中文系，在聯考前幾個月因緣際會下，決定選讀英語系，讓媽媽非常訝異。讀英語系也不正經，有事沒事跑本校國文系和鄰校的中文系旁聽，更發現中文是我的根、英文是我的愛，兩者實在難以割捨。

大學交換學生去了新加坡，第一次在臺灣以外的地方獨立生活。用英文對著新朋友介紹臺灣，用中文把探索到的新世界告訴臺灣的家人朋友，發現在中文與英文之間，只要能夠當說故事的那個人，我就快樂。畢業後負笈英國，唸了一年的會議口譯碩士之後，知道自己斤兩不夠，遂申請了口譯教育博士班，邊做口譯邊研究口譯，在約克郡一待就是六年。四年前回到臺灣，進入大學校園成為菜鳥老師。面對年紀是自己弟弟妹妹的學生，很努力的跟手機爭奪他們的注意力，希望用一顆心感動另一顆心，希望學生學到的不僅是口譯技巧，而是人工智慧取代不了的、有溫度的口譯。

過去十年，因為學口譯、做口譯、教口譯遇見形形色色的人，也譯過各種各樣的故事。從學生到成為譯者和教師，這十年，光華燦爛，也步履維艱，契合弘一大師所言，人生就是悲欣交集、苦樂參半；我摯愛的口譯之路，也不例外。所幸，一路上有師長鼓勵提攜，有好友切磋陪伴，更有家人溫馨支持，才能讓處逆境的我，繼續持有初衷的學習熱情；讓越過逆境的我，繼續保有仰望典範的孺慕雙眼。還要特別感謝為我撰文作序與姓名推薦的師長，口譯的路上，因為有您們，就不孤單。

身為「沒有專業，靠一張嘴」的口譯員與教師，以「不華麗也可以轉身」為名，很希望這些豐富過我的生命故事，能夠透過文字留下來，傳達信念、播送溫暖——這就是愛聽故事也愛說故事的人，最大最美好的心願了。

導讀

安頎這個名

林照蘭　高雄女中國文教師退休
國立中山大學中文系兼任助理教授退休

每每，聞見「安頎」這個名，總恨不得多疼她一些。

這樣的名，原只是一個「平安長大」的卑微期許，事實卻是僅出現在親人面前時，才能披上「平和安樂」的冠帔，短暫成為「安琪兒」天使的寵名。在那燦燦笑容的背後，在那閃閃的冠帔裡頭，盡是披困荊、斬亂棘的步步履印。有時，她會適時透露些微的傷痛，更多的是分享雲開見月明的喜悅。我知道雲開見月的等待，從來不是一件輕鬆的課題。只要她語帶保留，我就可以解讀出她的心在黑暗中，她的傷在何處！

想我生她為東方鼠（十二生肖屬鼠），該是膽小羞赧的；怎知卻活出西方射手的吾願無悔？飛箭不動，動不停的是母親一顆肉做的心。如果母親生來就是為了欣賞孩子成長的行旅，那麼疼與愛就是存在的理由。

從小大一的青澀歲月，就拚著跟學長姊考交換學生，她的理由很貼心：「我們家沒有留學的本錢，就交換學生體驗一下出國的況味。」這一交換，家裡沒有留學的本錢依舊，換的是堅決飛往一個更遠的國度。她的理由很實際：「英國是文化古都，腔調好美，該是有深度的國家。」

從貼心走到實際，仿若將遊戲化為職場，這逼眼的長大，顯現的全是志向的重量，重過我扶持的能耐。因為老天沒給她一對可以說嘴的父母，卻給了她面對高山，手握紙刀也能劃出路來的勇氣與毅力。

原來，高三大考前夕輕輕訴說：「媽，我覺得英文朗讀比中文朗讀還好聽，我想選英文系。」就是今日遠渡重洋的遠因！無怪乎第一本出版書名為《夢想起飛的地方》，實已昭告聚少離多的未來！

於是，這個捧在手心的寶，想給予的疼與愛，因為時空的隔閡，送不到；想分攤的重與擔，因為語文的隔閡，辦不到；靈犀一點通的共同出口，就是凝視著月兒，同唱祝福心曲。夜夜千里共嬋娟，成了相隔兩地彼此思念的唯一背景音樂。因為不忍想的，總多於日月星辰：雪地滑倒，膝蓋血肉模糊時，怎麼清洗傷口？室友無理對待時，用什麼樣的表情去陳抗；被污衊栽贓時，怎麼治療內心淌血的創傷？因國籍被拒，如何收拾破碎的心再優美起身？……。

安頎投入的口譯，完全是我陌生的領域，卻是我心底幽微的高調。越是陌生，越添揣想濃度：往返的行程平安否？客戶友善否？起早趕晚的休息足否？準備的時間夠否？……所有社會對口譯的欣羨與讚嘆有多高，在我心深處就有相對的不捨與祝福！我知道，每一次的上場，都是日夜將有限時間做無限放大的黽勉準備所換得。

只有在口譯結束後，聽著她的分享，我的一顆心才能舒展，收納她如何挑戰新領域的緊張、如何效學講者的優雅，及如何又豐富了教學新知。更愛聽她叨絮：想盡辦法，對苦難的一方給予溫情；用溫柔澆灌跋扈；謹慎對待傳達的每個字詞。我清楚知道，她回饋的是成長的蜜甜，流淌到心坎兒裡，都是醉心的暖。我更憐惜，夜深人靜時的她，還得獨飲不如預期的苦楚，如膽汁，如黃蓮。

這樣的分享，說穿了，只不過是呈現安頎如何去過實現的生活，而展現出不悔的純真、活潑的本性罷了。篇篇都是用心血加以攪和、揉捏，再精雕、細琢以成。我相信，就算在口譯場上跌倒，安頎對口譯的喜歡也不會結束。

老實說來，在我眼中的口譯，並非亮麗如春花，而是含淚的瀟灑，非熱愛自信，難以蒸煮熬燉出興味。誠如泰戈爾所說：「不是鐵鎚的擊打所能奏效，而是流水般勤使頑石臻於完美。」我知道，未來仍是曲折未知，但若有湧滾活水，豈在乎一灣小流？看不到安頎時，我總是這樣告訴自己的。

安頎走出家門，不僅多看懂世界一些，更看清楚口譯在自己身上化不開的濃度，所以才甘願蠟燭兩頭燒的為口譯及口譯教學繼續付出。

這是第二次為安頎寫序，每寫一次，就重溫聚少離多的過去，而召喚出更多疼惜的淚。若佛陀捻花微笑，是為告訴大眾生命的意義掌握在自己手中。那麼，祈願本書也能帶給您為恐懼找到勇氣、為疲憊找到依怙、為苦痛找到解藥。

過去，沒有多少雙眼睛注視過的她的心靈之旅。今後，我願蒐集大家的鼓勵，燃起一把火炬，照亮安頎，走出一個穩健的新天地，繼續散播生命活力的春！

導讀

曾志明　恩可視聽科技有限公司　視聽會議系統技術指導
雙子星媒體影音製作有限公司　影音技術總監
二〇一七　台北世界大學運動會二十六場國際會議
視聽設備及同步口譯技術執行總監

追尋聲音的道路

我們是一群對聲音抱持著堅持的人。

我們之中不少人曾做過演奏夢或樂團夢，但基於現實的考量，選了另一條與聲音相關的道路。或許我們無法直接參與樂曲的演出，但至少能在傳遞音樂的過程中，做個傳送的幕後功臣。

說起我們與安頎相識的契機，其實是在一場大學口譯設備的工程教學中，她是第一批學習如何操作的老師之一。安頎是一位很好相處的口譯老師，不僅沒有擺出學者常有的架子，遇到不懂的地方便會主動提問，更會自己主動花時間尋找解決方式。在她身上，我看見了現代人少有的學習精神。

回想當年，網路不發達的時代，遇到操作設備上有問題時，我們不僅要花時間查字典試圖理解不懂的詞彙，還要用破碎的外文能力將問題拼湊起來，寄信給原廠尋求答案。比對現代更加便利的工作環境，擁有那份精神的人卻已逐漸減少，實在是件很可惜的事情。

談起各種活動及會議所需設備，都免不了需要音響系統提供擴音，那麼音響系統 (Public Address) 究竟包含什麼呢？一套基本的音響系統，包含有麥克風，混音機，擴大機，喇叭四個部份。其中，麥克風的品質大致就決定了一套音響系統在演講或收音時音質的好壞。因此，不論場地喇叭是什麼樣的廠牌，唯有麥克風品質穩定、訊號良好，才是對會議進行及同步口譯有幫助且優先的條件，其次才是喇叭的擴音特性。

在專業的技術背景下，我們更加瞭解音質對口譯的重要性。口譯是一項需要極度專注的工作，在翻譯的過程中，任何一點音源上的疏漏或雜音都會直接影響到口譯者的表現，造成額外的心理負擔。同時，口譯者也可能在過程中過於專注，不慎誤觸到設備，造成音訊的中斷。當譯者在口譯箱進行翻譯時，把握音源的品質和音訊的正常輸出，便是設備操作者的主要工作。

一般租用場地，通常是場地的工作人員將麥克風開機之後，便交給使用者，然後就離開。但是，這對於正規的活動與會議，是具有風險的，因此我們隨時備有音控人員，這個工作，必須是有受過專業訓練的技師，才有辦法勝任，因為不僅僅是要調整音量輸入的增益值，還要兼顧輸出訊號的音量匹配及路徑 (Routing or Auxiliary output)。

每當與安頎共事時，總有種被尊重的感覺。為確保口譯的品質，她不但願意空出時間和我們一同進行每一次的場地勘查，也願意採納我們所提供的意見，將我們視為專業人士。

我們的業務經理李如蘭 Vicky 對安頎也是讚譽有加，她曾經提到，某次接受客戶委託後，才知道該公司對於口譯工作者的要求十分嚴格，除了需要附上履歷外，還有冗長的電話口試。當時許多口譯工作者基於該公司的往返要求而選擇不接受此案，只有安頎願意為我們而動身。

她還特別邀請自己熟識的老師跟著一起接下此案，在在都可以顯示她的真誠與付出。

那種感覺，就是夥伴！

二〇一七年所舉辦的世大運，我們憑著先進的設備和專業的技術在眾多廠商中獲取工作機會，而安頎也依然情義相挺，接下這份充滿榮耀的翻譯工作。

一直以來我們秉持著專業的精神服務每位客戶，而口譯會議也是我們常接觸的。在國際會議中，為了讓交流無障礙，常常需要同步口譯人員，讓語言的表達及溝通得以發揮。同步口譯其實是藉由口譯員控制臺(Interpretation console)，將翻譯人員的語音，利用無線電訊號傳輸的技術，由不同語言頻道發射出去，讓與會者人人手持接收器與耳機，就可以輕鬆聽懂語言。

為了讓活動或會議有高品質的效果，標準的同步口譯隔音隔間是必備的，這不僅能讓口譯師有安靜的工作環境，也能讓大會的貴賓或手持接收器的與會者，能聽好的收聽音質。因此，我們採用進口訂製的隔音隔間，這是經過 ISO 國際組織及歐盟技術規範認證，不僅隔音標準符合國際間 ISO-4043 同步口譯間使用規範，其外觀及新穎的 LED Messenger 功能，更受廣大客戶所喜愛。在會場上，我們的同步口譯設備及同步口譯隔間，也常常為客戶舉辦的國際會議品質加分。

接下來的日子中，我們也會盡力將自己推得更遠。我們的地基在臺灣，但我們放眼望去的目標，是國際。在臺灣，儘管資源和市場不大，但這樣的環境仍然可以訓練出不屈不撓的人材。別小看自己，也別把自己侷限在這塊島嶼。我們秉持著用心做好每一件事的心態，將經驗化為最好的學習，期許以揚名國際的事蹟作為自己專業的證明！

目錄

Chapter 1

在聽與說之間，認識大千世界——口譯現場

Chapter 2

在教與學之間，讓我們共同前進——口譯教學

Chapter 3

在中文與英文之間，有個場域——學習歷程

無悔：不華麗，也可以轉身

Chapter 1

在聽與說之間，認識大千世界：口譯現場

社區口譯

說不清、道不明，
千迴百轉的人生。

1-1 難民小媽媽：用一雙隱形的翅膀，飛過絕望

英國是福利國家，不論是合法或非法湧入英國的移民和難民，一直攀升，再加上近幾年中東與歐洲的動盪，使得英國為難民服務的社區口譯需求，水漲船高。社區口譯的需求高，門檻相對較低，若能取得資格並考上英國國家社區口譯證照的話，幾乎每一天都有工作機會，工作地點從法庭、醫院、警察局、移民局到就業輔導中心等，不一而足。

其中有一個我參與社區口譯工作初期時所發生的經歷，也是難以忘懷的震撼教育。那時等在櫃檯旁邊的口譯委託者，是搖晃著搖籃的小母親。她抬頭看見我，微微點頭，眼神中透露出些許疲憊。印巴裔的移民律師喊我們的名字，於是我們進入隔壁一間辦公室，在桌尾坐下，雙雙面對移民律師。

移民律師西裝畢挺，年輕俐落。他迅速地交代中國小母親的背景，簡述今日面談的重點，在於釐清政治庇護申請人的生平與需求。律師面向小母親，用英語發問，我譯為中文，再將她的答覆轉為英文給律師聽。

風雲變色的人生

小母親是四川人，在幾個月前抵達英國。身為川震的受害者，地震把她全家都震走了，獨留她倖存。大難不死的她，移居到中國南方靠港的大城，以賣酒打工維生，同時認識當時的男友。後福未到，男友便不知去向，取而代之的則是凶神惡煞的討債集團，要脅若還不出男友欠下的龐大債務，便只有賣身相抵一途。她頑強抵抗，仍不敵眾煞施暴輪姦。姦後施以迷藥，此後接連數月落入人蛇集團之手，打罵脅迫不從，則以藥物癱軟意志，過著不是人的生活。

輪船的貨櫃屋中，顛簸不見天日的路程中，一瓶水、一塊麵包、一排安眠藥，是她每日能獲得的所有物資。也不知道是因為藥物或是環境，她整天睏，醒了喝水，連麵包也難以入口，一吃便吐。在不見天日、顛簸崎嶇的牢籠中，她發現自己有了身孕，卻無法感受到新生命所帶來的喜悅。

路程或水或陸，同行的落難女孩告訴她，人蛇集團要將她們販運到歐洲。一路輾轉，俱是陌生的地名：新疆、俄羅斯、土耳其、地中海、法國，盡頭則是英國丹佛港。大腹便便的她踏上土地後，便覺暈眩，此後的生活，更是一片荒蕪：白天挺著孕肚在大街小巷中穿梭，販賣盜版光碟；夜裡一樣得滿足不同男人的需索，若孕肚成為障礙，那打罵則成必然。日夜交相逼，她終於在某日賣盜版光碟時不支倒地。好心的路人將臨盆的她送往醫院，而英國警察與移民局才因此將屬於幽靈人口的她，編列為庇護申請名單的一員。

她說著自己的故事熟極而流，我卻譯得膽戰心驚。在移民律師忙著往電腦上鍵入紀錄的空檔，她彷彿讀穿我的心思，淡淡地笑著說：「沒事，在警察局、移民局、社會局裡，一樣的事情我講好多遍了。」

你也是女生

移民律師紀錄完畢，抬頭問：「孩子是誰的？」她臉上閃過驚恐，很快地回應：「我不知道。」律師再度追問：「你是母親，怎麼不知道孩子誰的？」她低聲細語：「過去這段時間裡，我經歷了太多，我不知道是哪一次懷了孕，也不知道到底是誰的孩子。」移民律師仍是一板一眼地解釋：「你和孩子一起申請庇護。英國政府需要知道孩子的父親是誰，才有助於你們的庇護申請。」我照實口譯，小母親無語。

沉默半晌，律師拿出空白的紙筆，公事公辦地說：「現在請你回憶每一次遭到性侵的時間地點，盡可能地詳細，這樣能幫助我們審理你的申請案。」我轉譯給小母親聽，從頭到尾平靜如斯的她，突然抓住我的手臂，爆出熱淚：「你也是女生啊！你知道女生被強暴是怎麼樣的，你怎麼可以跟著他們一起逼我？你怎麼可以逼我說？」

我手足無措，慘然無語。我沒有逼你。我沒有逼你。口譯訓練要我忠實傳譯講者的訊息，我懂你的痛，沒有關係，你可以不要說……。當下我的心裡這麼想，可是我什麼都沒有說。看著她，我只能陪著掉淚，淚眼望向移民律師。律師揮揮手，將面談暫停。

手推車裡的嬰兒似乎感知母親的激動，突然哇哇大哭起來。我替小母親抽面紙擦眼淚，小母親則低頭替嬰兒擦眼淚。移民律師看著我們。我邊擦眼淚邊想起口譯老師課堂上的訓練：要中立、要客觀、要專業。這時候的我，應該繼續口譯，表露情緒就是不專業的表現。可是，我也是女生啊！她的故事，我才以第一人稱重述了一遍給移民律師聽，在英語的譯文當中，我就是她，她就是我。倘若這樣的事，真的發生在我的身上，我不相信虛長她幾歲的自己，能夠有更好的接納與處理。在我還沒有意識到對錯之前，我發現自己開口對著律師說：「要她回想受到強暴的過程實在太痛苦，我們可不可以換一種方法詢問？」

律師沒有回答，倒是小母親整理好情緒後對我說：「繼續問吧，我儘量說。剛才失態，真是對不起。」我不知道為什麼她要道歉，我邊聽邊譯，心裡卻湧出滿滿的情緒。看著年紀比妹妹還小而且渾身苦難的小母親，我卻無法提供她口譯以外的任何幫助，是我應該要說對不起。

堅韌的生命

面談結束後，我靠在桌邊上填寫口譯時數單據。小母親剛奶完孩子回到桌邊，我忍不住要求抱抱孩子。嬰兒柔嫩，渾身奶香，小臉吃飽漲紅了，嗯嗯啊啊的掄起拳頭打空氣。把寶寶交還給她後，或許我們今後再也不會相見。我很認真地說：「你好勇敢，你要加油。」

小母親抱著寶寶，驕傲地說：「寶寶才勇敢，當我什麼都放棄時，只有寶寶沒有放棄我。」接著低下頭親吻嬰兒。我看著母子倆的身影，攏攏自己的大衣，邁入門外的大風雪。

那是二〇一〇年初。接續著二〇〇九年少見的凍寒大雪，冬天過去，卻遲遲不見春天的蹤影，黃昏的火車站，絮絮飛雪。我才剛經歷生命中最慘澹的一段時間，放棄了臺灣的一切，回到英國，茫茫然中剛要開始博士的求學生活。由於獎學金要半年後才會入帳，付了第一年學費的我，窮到前胸貼後背。用僅剩的存款，買最基本的糧食，每天早上吃麥片，午餐一小顆蘋果，晚餐炒一點點洋蔥佐麥片粥。因為在英國，無論是米或麵，都比麥片貴。距離回里茲的火車還有半個小時，我拿出午餐的蘋果在月台上啃食，耳機裡傳來張韶涵清亮明朗的女聲，每一句，都敲打在我的心板上：

「你能推我下懸崖，我能學會飛行。」

「我知道，我一直有雙隱形的翅膀，帶我飛，飛過絕望。」

「我要在看得最遠的地方，披第一道曙光在肩膀。被潑過太冷的雨滴和雪花，更堅持微笑要暖得，像太陽。」

是吧！冷風中呼一口氣，有新生，就有希望。我們是女生，女生要堅強。

1-2 富二代與寶馬車：相同世界，不同的人

週末在家，突然接到翻譯公司的通知，要我立即去附近的警局，有件緊急委託，需要女性中文口譯。對於比平日多三分之一的時薪，我心裡想著這是個不可多得的好運。翻譯公司才剛把工作代碼傳給我，警察先生的電話就來了，是很舒服的男中音，非常親切的問我最快什麼時候能到。於是我便半小時內換下睡衣，穿上襯衫大衣，來到警局。

不一樣的工作環境

在里茲市的這幾年中，警局口譯甚至監獄口譯也做了不少回，但這棟距離我最近的警局卻有點不太一樣，有種刻意的肅殺之氣。我經過重重關卡進門，除了身為長官的巡佐外，所有員警都荷槍實彈，將螢光色的防彈背心穿在身上。我拿出法務部中文口譯識別證，上報自己的代碼，一位中年員警帶著我穿過重重疊疊的門，來到地下室的單人牢房。走廊上燈光敞亮，壁上的綠色牢房門則死死緊閉，比起監獄，更像是電影裡關著異形生物的研究機構。

警察拉開門上的小孔，對著裡面，把人叫到門口，讓我對著門口的小洞進行口譯。我先後走訪了三間單人牢房，兩女一男，三人的情緒都不太穩定，給人一種瀕臨崩潰邊緣的感覺。兩女一倉惶一柔弱，倉惶的那一位，已經被嚇得面無血色，連回答我的問題時，雙唇都不停發抖。柔弱的那一位，見我像見到救兵，向我訴苦一整夜冷到睡不著，隱形眼鏡戴了超過三十個小時，讓她的眼睛感到乾澀刺痛，是否能替她想辦法。最後那一名男子，則是在詢問時不斷喊餓，不知已經有多久沒有進食。我除了翻譯外，還私下問員警能不能給他們都送上一杯熱飲外加一條毛毯。最後請示巡佐，是否能將柔弱女的眼鏡盒還給她，讓她摘下隱形眼鏡。

分別詢問完三人後，我跟著警察先生來到審訊錄音室進行訪談口譯。英國政府基於人權，就算是非本國國民，只要遭到警察拘留而需留下筆錄，都可以由國家出資，免費提供律師和口譯員，協助筆錄的進行。男子的律師是一位印巴裔英國媽媽，之前也做當過印度語的會議口譯員。在等待的過程中，她很熱情地向我介紹自己的教育背景、工作和家庭，還關心我的口譯研究。隨後，兩位警察架著男子走進來，是位矮小瘦弱，方鼻子、小眼睛、淺眼窩、方形圓臉，長相非常符合西方媒體認為的中國人特徵的年輕人。

放錯重點的請託

在警方正式進行筆錄前，嫌犯有跟律師單獨諮詢的時間。律師媽媽攤著豐腴的身體，豪邁地詢問男子事發經過。男子滔滔不絕的用中文跟我說自己多麼倒楣，出來玩，喝醉了，在毫無頭緒的情況下，被警察手銬腳鐐的抓起來關了一晚，東西全沒，又冷又餓，連現在幾點都搞不清楚。律師媽媽恪遵職守的詢問：車禍當時駕駛人是誰？與嫌犯關係為何？肇事逃逸動機是什麼？對於重點問題，男子回答：「當天喝多了，駕駛人是當晚才認識的新朋友，住在同一個城市，不清楚為何肇事逃逸。」

我在一旁邊聽邊譯，當下不覺得有何蹊蹺。直到男子跟律師講完，轉過頭來，雙手合十向我拜託：「大家都是中國人，求求你幫幫我了。等一下見到那兩個女的，我怕她們都喝多了，不記得昨天晚上發生的事。三個重點，請你千萬要記住：第一、昨晚開車的不是我。第二、我們昨天是從另一個城市打D（中國人對計程車的叫法）過來的。第三、車上那些東西是駕駛硬放在我們身上的。就這三點，求求你給其他兩個女孩講，她們就算沒這樣說，你也就這樣翻譯就行，求求你了。」然後又再度雙手合十。

口譯做了幾年，什麼樣的怪事沒見過，也沒看過如此行事拙劣的。我本來就是抱著助人為上的心態做口譯，只要服務對象有需要，就算他們不便表明，我也會將他們的需求轉述給能幫助他們的人。可是這名男子卻以一句「大家都是中國人」想動之以情，要我跟他站同一陣線。很遺憾的，一來雇用我的是英國政府，二來身為專業譯者，確保口譯忠實度當為第一要務，絕非三言兩語就可以左右。接下來的發展，我可不打算隨他起舞，就看另外兩名女子是否能發揮「同是中國人」的精神，回應男子的願望了。

困獸之鬥

在兩位警官進來做完錄音筆錄後，我這才弄懂了事發經過：當天凌晨，有英國目擊證人看見一輛寶馬跑車行經市中心通往高速公路隧道時，撞毀護欄。兩女一男下車，拿了個人物品後，立即棄車逃逸。這名男子在回答警方詢問時，十分狡猾，不斷規避重點問題，將所有無法回答的問題，全歸咎於酒精，並再三發誓自己不是駕駛，且堅持駕駛在逃逸前，還將所有車上物品放入他的口袋，彷彿自己被設計陷害般，無限委屈。

這件筆錄迂迴戰，作足了兩個小時，用掉兩捲錄音帶，男子還是很機警的避開重要問答。警方後來表示，男子的室友已經指認這台車曾被男子駕駛過，男子卻回答：「我開過這車又怎麼了，反正我昨晚沒開車。」這時候，連在場唯一沒有受過法律訓練的我，都聽得出另有蹊蹺。在警方第二次讓嫌犯跟律師單獨諮詢時，男子還裝腔作勢的表示：「要是在國內，我絕對不會落到這地步，真沒想到我也會有這麼一天，實在冤！」並開始掉眼淚。律師媽媽早就聽出苗頭不對，但依然懇切地安慰男子：「你要不要說實話，現在還來得及？」但這名男子卻一語不發，於是再度被押回牢房。

獨善的告白

第二名筆錄對象是倉惶女。倉惶女不要律師協助，臉部一邊抽搐一邊表明自己是柔弱女的朋友，昨晚才第一次見到有肇事嫌疑的小開。在吃飽喝足以後，由男子開車，大家都累了，也不知車禍如何發生。倉惶女的筆錄，一下子就完成了，換柔弱女偕同印巴裔律師上場。柔弱女是名散發著林黛玉氣息的嬌弱美女，塗著淺藍色的指甲油，鮮嫩的皮膚，水靈水靈的眼睛轉個不停，真正是我見猶憐的那種。

柔弱女所說的故事跟倉惶女大致一樣，除了在律師問她跟小開的關係後，她淺淺的地笑著說：「嗯，我們在不久前的情人節期間才在一起，要是警方問的問題可能會讓我傷害到他，我能夠不說嗎？」聽到這一句話，我心裡轟然一響，外表再不起眼的男子，只要開著寶馬，都能吸引到如此高檔的美女。小開踮起腳尖，可能都沒有美女高，外貌如此不登對的他們，往後要如何走下去？對於有可能變成口供的回答，律師建議柔弱女可以選擇不多做評論。柔弱女眨著大眼睛說好。

在諮詢時間結束後，警方進來了。果然面對美女，大家都溫柔許多。兩位警官一老一少，很明顯地都大幅削減了問題的力度與強度。除了與小開之間的關係，柔弱女誠實回答了所有重點問題，包括了當天小開開著車載她來市區而非搭計程車，車就是小開駕駛的而非其他人。車禍之後，他們三人拿了自己的東西往市中心逃逸，從頭到尾都沒有男子口中所提的朋友。警察們一位陷入思考，另一位則振筆疾書。柔弱女此時似乎感覺到室內氣氛放鬆了許多，便眼波一轉，嬌滴滴地說：「哎呀，在國內，車禍沒撞到人不就沒事嘛，我們也沒受傷，怎麼搞得這麼麻煩？」我當場愣住，都不知道這一句話是否要翻譯出來。

根據英國法律，警察居留嫌疑犯的最長時間不得超過二十四小時，因此這兩女一男馬上就能獲得保釋。倉惶女最先出來，快手快腳地拿回她的 Burberry 大衣和 UGG 雪靴穿上。柔弱女跟著出來，警察在把她那一大包個人物品交還給她時，在我耳邊唸叨：「唉，我不知道你們女生的包裡，怎麼可以放進這麼多東西，這麼重！」當柔弱女知道自己可以離開警局時，已經完全恢復元氣，不過在看到她的名牌包時卻嘀咕著：「噢，最心疼的就是我的包，才剛買呢！」然後抱著名牌包，小心翼翼地拂拭。在兩名女子走出警局之後，男子也跟著走了出來，似乎還不知道兩女都已經供出他，仍緊張地看著我，不斷詢問是否有照他千叮嚀萬交代的那麼翻譯。我笑了笑，蹲下來綁鞋帶，讓長得像班艾佛列克的巡佐，替我簽了工作時間表。

走出警局，外頭已是子夜。我用半天的時間把這個月的房租錢掙來了，但心裡卻有千百個念頭在轉。這個世界越長越不是我們小時候認識它的樣子了，無論是人事物。我用以理解這個世界的價值觀，尤其在英國的這幾年，遭到天翻地覆的挑戰。什麼樣的孩子可以開著寶馬跑車酒駕，撞壞了任其棄置路邊，拍拍屁股就走人？又是什麼樣的情況下，現代民主國家的警察仍使用中世紀的方式，把未經定罪的嫌犯關在牢房裡，用黑暗飢餓寒冷等原始的方式，達到恫嚇與警示的目的？我看了許多，但心中依然沒有答案。

做口譯的這幾年，最感到無力的，便是我對身處的這個世界深有所感，但仍一無所知，我無法觸及問題的根源。但在這幾年的學術訓練中，我學會了把問題紀錄下來。只要紀錄下來，等到我有足夠的知識與力量，說不定我就能夠因此得到解釋，甚至做出些許改變。就算我終其一生都不能夠理解，如此這般的紀錄，也可以是口譯倫理研究最直接最真實的紀錄。

在英國獨立生活，教會我不追求完美並且直視黑夜。當我不編派童話，並且透過學術研究者的視角去觀察第一線的研究主題，就算這成長一點都不甜美，但能夠有這些故事與經歷，我都已經甘願。

1-3 審裁庭老婦：法庭上的六月雪

老婦的灰白長髮凌亂，用橡皮筋隨便的繫在腦後。她見我是一屋子律師袍當中唯一東方面孔的人，很自然的靠過來說：「你是中國的翻譯是吧？」我告訴她：「我是臺灣人，是來幫你翻譯沒錯。」老婦笑了，摘掉老花眼鏡，瞇起眼睛，湊得更近，盯著我說：「這麼年輕就當翻譯官，不簡單啊。」她身上傳來老年人特有的腐朽氣味，我用力克制自己的身體不偏斜。老婦沒有等我回答，絮絮滔滔的開始講她的故事，說她沒有錢，沒有人同住，生活落魄潦倒，鄰居還不時騷擾，讓她身心俱疲。我嗯嗯哼哼的聽著，以為又是聽慣了的中國難民故事，有的真有的假，有的高潮迭起有的平鋪直敘，共通點就是沒有人知曉真相有幾分。

異鄉人

這一天的工作地點是法務部下屬的 HMCTS（Her Majesty's Courts and Tribunals Services）法庭審裁處，也就是英國的上訴機構。審裁處的規模，不僅無法跟刑事民事庭相比，就連地方治安法庭的配置都大了許多。

開庭的地點不過就是一個小房間，長桌子前面坐著一名仲裁委員，後面小桌上是書記官兼帶位員。開庭之前，口譯也不需要對著聖經發誓（就是電影上常常看到的，「我所翻譯的一切忠於原文，忠於原意，盡我能力與經驗所及提供最正確詳實的翻譯」那一套）。仲裁委員直截了當的分派每個人在長桌子上的位置，就開始會談了。

仲裁委員是一位有著紅膛臉的中年大叔，塌陷的金頭髮一綹一綹的覆在臉上，豐腴的身軀把直條紋黑西裝膨脹起來，露出裡頭的白襯衣和金領帶，活像是一位喜劇演員。陪伴出庭的還有一名照顧老婦的社工，同時也是一位胖呼呼的啤酒肚爺爺。相比之下，老婦的身形顯得瘦小，情緒也不是那麼穩定。

仲裁委員發話，原來老婦申請國家難民補助，而補助的前提是每兩週都要到就業服務處去報到簽名，並且回報找工作的進度。但是老婦於去年十月錯過一次報到簽名，於是難民補助遂終止，造成她生活陷入困難，移民局也因此撤銷她的難民申請。

仲裁委員平靜地說：「你是否有不得已的苦衷而沒有辦法去簽名？」

老婦答：「我忘了。」

仲裁委員說：「忘了並不是一個很好的理由，你必須有真正的困難，我才能幫你翻案。」

老婦搔著頭，一臉苦惱地說：「可我就是忘了，沒有其他理由。」並且激動起來，大聲地說：「我那一次沒有簽名，根本沒有人發現，是我本著中華民族誠實為上的原則，將事情告訴移民官，誰知道惹出這麼多麻煩。」

再辛苦，也要堅持

就在老婦情緒最激動時，社工爺爺急忙介入，以帶著約克郡口音的英文，不疾不徐地說：「庭上，此案由我負責將近一年，有些事情可能您不知道。老婦患有歇斯底里症，曾因舉止異常加上自殺傾向而住院觀察。然而，除發作期間外，她的外表舉止鮮少有異常。另外，她到英國四年多來，始終獨居，無親無友，又因英語不通，鮮少與人交流，幾次社工訪視她的家，家徒四壁，情狀堪憐。」

仲裁委員問老婦，是否除了社工老爺爺以外，還有另一名中年社工會定期去看望她。老婦面露狐疑，答不記得了，再轉頭看著社工老爺爺，嘻嘻笑了，說：「我記得你。」社工老爺爺回應她：「除了我，還有一位湯姆生先生會定期去看你。湯姆生先生頭髮黑色的，是不是？」老婦痛苦的抓著頭，望著我回答：「我不記得了，不要問我。」社工老爺爺對著仲裁委員補充說：「她有著中國人遇事不求人的忍讓世界觀，沒錢則省，受欺則忍。但她患有精神方面的疾病，而且生活真的已經非常艱難，如果我們視而不見，她就只有死路一條。」仲裁委員邊聽邊做筆記，我邊聽邊同步耳語口譯給老婦聽。

在聽了社工爺爺的說詞後，老婦很激動地頻頻點頭，高聲叫喊，隨即對我說：「你幫我跟庭上說，我的鄰居總是欺負我，一左一右，兩個鄰居聯合欺負我。我一睡著，他們就開始騷擾我，我報警了好幾次，卻都沒有人理我，你告訴他們我好難過……。」老婦越說越激動，緊抓著我的手。這位看起來比媽媽更蒼老的苦難婦人，就這樣當庭哭了起來。望著她經歷歲月刻痕的臉龐，我故作鎮靜地照實翻譯，心卻抽動了一下。

社工爺爺拍拍老婦的肩膀，溫柔地俯下身跟她說：「我們講好了，騷擾你的事情歸警察管，但這裡是法院，我們先處理你的補助金的問題就好了，啊？」老婦接下來從包包裡倒出一大疊處方箋和藥袋，一下子推到仲裁委員前面，喊著：「這些都是我的藥，你看看你看看，我得吃這麼多的藥控制腦子，他們卻還這樣欺負我！」我還是照實翻譯，但心裡滿溢著排山倒海的難過與不捨。不僅是同情老婦的遭遇，在背負著離鄉背井的苦難之餘，卻還奉行不悖忍讓的世界觀，什麼事情都自身扛起，咬牙撐住，那種無路可走無援可求卻不願放棄的無助與無奈，實在是好熟悉。

法庭上的六月雪

上訴的結果，老婦獲勝。仲裁委員在聽完老婦的遭遇後，決定跟移民局反映老婦不穩定的精神狀況，以及報到簽名那天，老婦為趕赴語言學校的考試而忘了報到，並非蓄意忽略。老婦的生活津貼將會繼續發放，難民申請也不會受到影響。在聽到裁判結果後，老婦激動地起身，大動作拜謝仲裁委員、社工爺爺，甚至拜謝我，但我何德何能？在這現代民主的英國法庭上，我想到的卻是古代中國竇娥冤的畫面。這個世界上的苦難仍然這麼多，需要幫助的人依舊這麼多。這麼多年來，我很努力的學英文、做口譯，想要用自己的力量抹平一點點他人的苦難，可是究竟個人之力也不過是冰山一角，不足為繼。去國離鄉，語言不通，不知有多少情況相似的難民能夠洗刷冤屈，而又有多少難民因此被迫遣返？

幾年來，每做法庭口譯，每每對官僚作風或僵硬教條導致的人事浪費，始終感到痛心；對有錢人酒駕肇事賠個小錢，又可以大搖大擺繼續雇用非法難民打黑工賺大錢，感到難過，可是真正需要照顧的難民、真正需要受到尊重的專業（對啦，就是在說我們自己），卻仍被忽略，三不五時還要因為幾鎊的來往交通費，跟翻譯公司討價還價，這種擺在面前的不公不義，比什麼都還要挫折人的熱情。

路還很長。我只能期許還走在這條路上的自己，更多溫柔，更多寬容，而已。

1-4 從產房到墓地：生到死，死到生

又是陽光晴好的一天。臨時接到通知，到醫院去幫臨盆的中國媽媽口譯。已經超過預產期十天了，她肚子裡的男嬰仍然沒有動靜。她今天早上開始出血，中午到院，羊水破了，可是遲遲沒有陣痛。我到的時候，助產士正在刷手，準備替她看子宮頸開了沒有。我拿著催產手冊，一句一句的翻成中文，解釋給她聽。她聽著聽著，原本平靜微笑的臉突然扭曲，倒在床上，大力吸氣哀嚎。助產士拉上簾子檢察，二話不說決定送產房。

工作提早結束的我，信步走到隔壁的 Thackray 醫學博物館，看維多利亞時代勞工階級的人民如何在下水道和自來水等大眾衛生系統尚未建立起來以前，在骯髒齷齪並且傳染病橫行的里茲市像螻蟻一樣掙扎存活下來。昏暗的燈光下，每一尊假人，都是根據里茲市誌和里茲市立醫院（Leeds General Infirmary）的病例所造：清煙囪的十一歲小童，死於流行病毒感染；二十九歲的女裁縫跟肺結核搏鬥兩年以後，仍然嗑血死於窄小的木架病榻上；八個月大的女嬰瑪麗高燒不退，母親以偏方醫治他，無奈用量過多，搖籃成為終床。

中產階級的情況也好不到哪裡去，在里茲大學對面 Woodhouse Lane 舊址開書店的中年紳士，身染天花，全身潰爛到不成人形。另外，居住在現在 Headingley 地區的一位地主的長子患霍亂，食用蝸牛（當時的土療法）未果，一樣嗚呼哀哉。Armley 磨坊的十一歲小女工漢娜，長裙子不慎絞入機器當中，以致於她整條左腿被捲得稀巴爛，一八二四年送到當時里茲市立醫院用最陽春的器械進行截肢手術，十一天以後傷口感染，回天乏術。

博物館坐落於十九世紀的女子收容所，意即當年患有精神病或重症或老年無依的女性，都集中到這紅磚長廊的巨大建築物裡度過餘生。博物館裡窗明几淨，工作人員也笑容可掬，可是一條又一條長長的展覽甬道走下來，配合栩栩如生的氣味和音效，感覺像是把人類討生活求進化的漫長痛苦濃縮，一口喝下一樣，無限悲戚。

博物館對面是埋葬了橫跨四個世紀十八萬人的里茲市二級古蹟，Beckett 街墓園。也許是剛剛除過草，樹蔭下，墓碑間，瀰漫著濃烈的生生不息的草莖的氣味。因為年代久遠，墓碑和墓穴錯落零亂，倒的倒，站的站，新立起來的迎著陽光閃，年久失修的泛著苔蘚的青綠。不過這種隨性的古舊，反而讓墓園多了可親的意味。我是個俗辣，縱使陽光明媚，還是不太敢走到墓園深處，繞著綠蔭重重的小徑，走了墓園外圍一圈。這條綠蔭掩映的小徑，居然帶給我高雄三民公園那樣相似的家鄉氛圍，耳邊似乎聽見老人家邊弈棋邊用台語大聲嚷嚷。我邊走邊往圍牆外望，好幾次都以為走出去就是察哈爾街，街口有個從我念國小開始，每天下午都叫賣著熱騰騰的蔥油餅的老伯。

可是沒有。除了靜，除了綠，這一塊被當作古蹟保護起來的綠地，沒有其他的聲音。綠當中，時不時有非常搶眼的吊鐘式小紫花，點綴著白色或黃色的蒲公英。太陽非常盡忠職守的灑上墓園，似乎頂上的樹，腳下的草，和其中的花，才是這裡的主人翁。那些或倒或立的墓碑，不過就是裝飾此地的石頭而已。我撿了一張長椅，坐了很久。很神奇的，這樣一個晴天裡的墓園帶給我的平靜，絕不亞於廣袤無邊的海域。

一個下午，我經歷了初生的暴烈，活著的揪心，與死亡的平和。是否所有的繁華都是哀樂，所有的祈願都是輓歌，所有的相遇都可能是訣別，所有的懷念，都是祭奠。我親愛的朋友們，但願一切如意。

國際賽事

別人眼中，
我們的樣子。

1-5 冬季奧運：一個不能放棄的理由

二〇一二年的春節，當臺灣正在準備圍爐過農曆年，我做為一位國際青年口譯志工，先從英國搭乘 Jet2 廉價航空的飛機，從英國里茲飛到瑞士日內瓦，再搭乘歐陸火車從日內瓦經由蘇黎世到第一屆冬季青年奧運的主辦場地，奧地利因斯布魯克。一個人，兩箱行李，七個小時的火車。途中由於積雪太多，鐵軌遭覆蓋，無法行車，只好下車換搭巴士。我拖拖拉拉的在雪地中把大行李和沉重的背包拉上拉下，腦子裡想的是當年納粹將猶太人運送到奧斯威辛集中營時，似乎也是在這種下著厚雪的深夜。不同的是，我還年輕，面對即將到來的奧運口譯，縱使面對嚴寒大雪也興奮不減。

他鄉遇同胞

國際志工的住宿地點是因斯布魯克青年旅館。四人房，室友是兩個俄國女生和一個德國女生，各是不同類型的美女。住宿環境稱不上舒適，早餐是冷麵包和牛奶麥片，以及一顆已經乾熟到皺了表皮的小蘋果。無線網路一天一歐元，並且只能在大廳使用，平均五分鐘斷線一次，重新連接後，連不連得上，又是另外一回事了。不過窗外就是阿爾卑斯山，一抬頭，便見白皚皚的山景。

晚上就是冬奧開幕式，所有人到阿爾卑斯山山頂的伊澤山看台，在兩山之間低下的積雪谷地搭建起舞台，奧運聖火則讓兩個滑雪選手從山頂一路飆下來，很精彩的煙火和節目。

由於需要中文口譯的臺灣與中國選手們尚未抵達，多國語言中心的主管臨時把我調派到文化教育計畫部門擔任大會中文廣播。聽著自己的童聲中文在各國語言中播出，非常有趣。幾天後，中國隊的選手抵達，我才開始跟著中國隊選手上山山訓，幫忙口譯。然而，人在國外，最想見的還是同鄉人。當中華隊抵達後，我便向大會申請，轉至中華隊提供口譯服務。與中國隊的大陣仗相比，中華隊僅寥寥數人。每一位選手身旁，只有教練；不像其他國外選手，還配有隨行營養師與專人醫師。

我的主要服務對象是濃眉大眼、瘦高挺拔的十七歲泰雅族選手連德安，參賽項目為單人男子雪橇，彼時世界排名十九。由於地處亞熱帶的臺灣沒有適當的練習場地，為求練習，他只能和教練透過滑雪協會的管道，四處募款，每次練習的場地，也不盡相同。或許是長年奔波四處，處於語言不通的陌生環境下，讓十七歲的他，看起來有著不與年齡相稱的成熟。

當新手口譯遇上資深口譯

奧運主辦單位除了照顧選手們，也考量提供口譯服務的國際青年口譯志工們的需求，請來三位資深專業口譯員跟青年口譯志工交流。整場交流活動在設有數個口譯包廂的會議廳中舉行，做為主角的青年口譯志工們，既是聽眾，可以任意發問；又是口譯員，可以儘量練習。我很勇敢的舉手發問，問的不外乎是高端口譯市場難以進入，尤其像我這種只有中英文組合，又人在歐洲、完全沒有人脈的情況下，要如何找到工作？對於這樣的問題，前輩們的回答，不外乎是多方嘗試，把握住每一個機會，持續抱持著熱誠，絕不要跟價格妥協，否則會破壞市場行情。不知在場有多少青年口譯志工的處境和我一樣，懷抱著夢想，緊抓著努力，卻不知何時能看見成果。

由於中英組合的口譯員不多，現場的中英口譯箱還空著，我就堂而皇之坐下來聽隔壁的德語包廂的英文，再轉譯為中文。因為是接力口譯，難度不高，台上也會中文的法語口譯員注意到我了，提議在場說中文的聽眾用中文提問，讓我口譯為英文。這下子，全場德語、法語、英語的口譯員，都只能轉到我的包廂聽了。講者陸續回答以後，我又繼續做了幾乎一個小時的單人同步口譯。法語口譯員不斷稱讚我是個有活力有熱情的小女孩，她不停鼓勵我，繼續試繼續努力，總有一天會成功的。

散會之後，口譯界知名的前輩學者留下來跟我聊天，聽聞我正在攻讀博士學位以後，告訴我：「口譯員其實有沒有口譯文憑都沒有關係，重要的是實力。但是當你有博士學位，所有客戶就會用專家的角度看你，還是跟只有口譯碩士的譯者有所不同。」這位口譯研究教學實務均成果燦然的前輩，言談間向我揭示了一個不斷旅行多采多姿的口譯人生，也跟我警告了口譯員變動的生活要維繫感情，著實不易。我在前輩身上，的確看到了希望，心裡也同時敲響了警鐘。

捨我其誰

轉眼間，便到了滑雪比賽的日子。我早在九點便打扮齊整，去選手村找小選手連德安。他看時間還早，便帶我到臺灣隊的選手屋參觀，很盡地主之誼的分享他歷年來比賽和訓練的影片給我看。我希望能拍些他的比賽照做為紀念，但鏡片在雪地上總是會起霧。小選手二話不說，拿起他專業級的防霧塗劑送給我，我滿是感激。

接著，和他雙雙搭車上帕契柯夫滑雪比賽場地，一路上的積雪深又滑，車頂的積雪不斷落下來，上坡車胎還不時打滑。然而厚雪所疊積出來的沿路景象，就如同聖誕卡片上的美景般，迤邐蜿蜒，崎嶇壯麗，我看得目不轉睛。

奧運場上，中華民國的國號和國旗都是禁品，因此當觀眾都拿著自己國家的國旗在終點線上為各自的小選手搖旗吶喊時，來自臺灣的我們，只能夠用彩色粉筆替彼此在臉上手上畫上國旗，讓滑雪選手遠遠的就能夠知道我們在這裡。滑雪選手小男孩本來就不預期贏得了歐洲選手，他也在本份內，沒有摔跤的滑完全程。國旗遭禁，我們拿著奧會會旗在終點迎接他，過過乾癮。

回程中，我悄悄問雪橇選手連德安，在這種舉步維艱的環境下，該如何撐下去？他的回答如下：「我每一次出來比賽，都代表著臺灣，如果整個臺灣就只有我會這一項運動，那我又怎麼能放棄？」

他的回答讓我好感動。我雖然深愛著我的家鄉，但所有的付出都是行有餘力後的行動，很難想像一位十七歲的年輕人就懷抱著這種遠大志向。這不是隨口說說的天真夢想，而是經歷磨練後，仍堅持不懈的志向。

一路上，我不停在想，這趟旅程本是抱著對於國際賽事的好奇前來，然而受到的幫助卻遠比自己給予的還多。雖然相處的時間不長，但競賽員的活力與熱情，已經讓我感受到希望。我雖然擁有的不多，但並不是一無所有，我還有企圖心和上進心。結束最後一個口譯任務，我整理好這幾天工作之餘，找個角落面對阿爾卑斯山所寫下來的論文片段，準備寄給指導教授。在口譯實務和口譯研究之間，跌跌撞撞勉力前行，這已經是當下的我能交出的最好成績了。

最後一個晚上，我從熄燈的冬奧比賽場地出發，在金色的燈光和夾道的白雪中走回青年旅館，收拾行李。

明天，明天又是新的起點了。

1-6 世界技能大賽：當口譯不只是口譯

身為在歐洲居住生活又通曉中英文的留學生，因緣際會下，有幸數次擔任臺灣國家代表隊在國際大賽中的口譯。其中國際技能大賽（WorldSkills Competition），每兩年舉辦一次。由於每一屆服務的職類都不同，對於毫無技術背景的我來說，重新洗牌後面對陌生職類的重新適應，是一項新穎又刺激的體驗。

世界技能大賽可以說是技能界的奧林匹克賽，每一項目都會由國家派一組人員參加，其中包含一位選手、一位國際裁判和一位口譯，擔任口譯的人員不能有該項職類的專業知識，以免影響比賽公平性。

究竟考驗技術還是工具？

有一年我被分發到的項目是ＣＮＣ銑床，是大會最資深、最昂貴也是最被看重的職類之一。這裡的一台機器，少說也要幾百萬上下。二十年前，臺灣是這項職類的常勝軍，技術先進、訓練紮實，拿牌從來不是難事。但近幾年來，政府不重視、培訓缺乏資源，整體環境相比過去，已經不可同日而語。當先進國家忙於研發最好的銑床機給自己的選手練習時，中國、越南、印度等以前被視為落後的亞洲國家，也都砸下重金，購買新型機台給選手練習。臺灣的選手只能摸著上一世代的老舊機器硬練，直到國際賽的當下，才有機會接觸到新型的比賽機台，在大會允許的十五分鐘練習時間內，囫圇吞棗，隨即上場比賽。堅苦卓絕的狀況下，還是時有亮眼表現，讓我這個什麼都不懂但是什麼都看在眼裡的小口譯，又是心疼又是佩服。心想：紅葉少棒的故事，為什麼隔了一個世代，還是繼續在已經富起來的臺灣重演呢？

比賽場地裡，各國選手的工具箱俱是根據國旗的顏色訂製而成，烤漆外觀、滾輪底盤，堅固耐用又華麗：中國的大紅色、法國的深藍色、印度的橘黃色、巴西的黃色加綠色。臺灣選手所擁有的工具箱，歷史悠久，已輪轉十五屆，歷時超過三十年：外觀破落，內部陳舊，斑駁的看不出原本的顏色，貼滿各國海關標籤，標記著過去數十年征戰各國的豐功偉業。不僅在外觀上落差懸殊，使用起來，差距更是明顯，抽屜難以打開，工具時常缺少或是磨損。開箱的時候，我的腦子裡一直浮現「篳路藍縷，以啟山林」幾個字。我們唯一贏別人的，真的只有這群小選手們，他們無論環境如何惡劣，都咬牙備戰，認真敬業得讓人心疼。

真正的公平

這一天下午的國際裁判會議，討論如何因應下一屆的比賽，屆時將面臨賽場大小減半，同時又須符合大會規定下兼顧環境保護與永續發展的議題。臺灣的裁判建議，最符合環保效益又能兼顧比賽公平性的方式，就是讓大會主辦國為所有選手準備一模一樣的刀具。這樣一來，選手不用從世界各地將重達好幾百公斤的工具箱海運至比賽場地，省時省力省錢，競賽場也不用另外隔出置放工具箱的空間；二來所有選手使用一樣的刀具比賽，比的是選手的真才實力和抗壓性，而不是各國製造刀具的技術和投資在工具箱的財力，以達到真正的公平。

此言一出，全場三十個國家頓時分成兩派：富有的西方國家強烈反對，國力中等或技術一般的亞、非、拉丁美洲國家，則是點頭如搗蒜。反對聲浪最大的不是別人，是同為亞洲國家的日本和韓國。日韓裁判持異議，表示若選手平時用慣自己的刀具練習，比賽時無法熟悉大會提供的刀具，將會影響比賽表現。臺灣的裁判反擊，表示國際技能大賽評比的應該是個人能力而非國家財力，好的選手無論使用何種刀具，都能做出好的作品。

我原本以為這個提案獲得認同的希望渺茫，在口譯成英文給全場的時候，忍不住加了一句：「在座各位國際裁判都是小選手出身，我們是不是都希望能給小選手一個公平公正的比賽，給他們的專業能力無上的肯定，而不是因為國力或資源分配不均的問題，讓他們因此失去信心？」對面的歐洲裁判們，紛紛點頭。

投票結果，驚人過半！

為中華隊發聲

第二回合，討論評分方式是否縮減作品主要尺寸的公差（tolerance）。韓國裁判這回第一個跳出來表示，為了符合大會拉開程度的需求，公差越小，越能彰顯選手的能力。其實，韓國每年都砸重金採買最精良的刀具，無論誰去操作那一套刀具，都會比其他人更精良，更準確。

臺灣的裁判回應：「是的，為了符合大會的期待，我們昨天已經討論過要將競賽題目難度提高。難度提高後，選手理所當然需要更多時間，再加上剛剛大家已經通過的，選手將使用大會提供的刀具進行比賽，在比賽變難，刀具又可能不熟悉的情況下，我們是不是應該要站在選手的角度思考，放寬公差，讓他們可以放心的發揮實力，而不是計較那零點零零幾的準確度呢？」

這一段，我一邊口譯，一邊在心裡暗暗叫好，以子之矛攻子之盾，這個回馬槍實在漂亮。我的讚嘆還沒有完，一抬頭，發現這個提議幾乎是壓倒性地通過，只是日韓裁判的臉色，真的不太好看。

根據我參加數屆世界技能大賽的小小觀察，國際賽事的裁判在討論會上可略分成三類：第一類是母語為英文的裁判，夸夸其談，討論會常常是他們的脫口秀和一言堂時間。他們語速快，語調又權威，其他國家光聽懂都很難，更別說是回應。第二類是英文為第二外語的歐洲、非洲、拉丁美洲裁判。討論會是這群人比賽誰的異國口音更有市場的時候，勉強聽懂皆大歡喜，聽不懂則令人發噱又發急。第三類是完全不講英語但自備口譯的亞洲裁判們。討論會上，這群裁判不太需要自己出馬，比拚的全是各家口譯的英文實力和遊說能力了。

一想到這，或許我真該感謝成長過程中，師長一路陪伴我參加各種演講、朗讀、辯論比賽，雖然語言不同，但是比賽的精神都是一樣的。潛移默化中，讓我在賽場之外的口譯，也能積極為選手爭取一個公平的比賽環境。

口譯之趣，在助人，在攻堅，在防禦，在堅持對的事情。可以將專業和熱情結合在一起，這樣的工作，多麼美麗。

1-7 長大後的床邊故事：是鬼島還是伊甸園？

我的妹妹比我小快要五歲，但年齡的差距並沒有反映在我們身上。我們以非常幼稚的方式一起長大，小時候睡前必在床上打一架，打到精疲力盡才睡著，長大以後仍是習性不改，跟爸爸說無聊的話爭寵，或比賽誰跟媽媽在電話裡撒嬌的時間比較久。

妹妹說的床邊故事

有一次，為某國際賽事馬拉松式的口譯數週後，終於回到臺灣。第一個晚上，由於時差的關係，我睡不著。妹妹躺在我身旁，看我睡不著就說，那我來講故事給你聽好了。她講的第一個故事是《八十三天的燃燒》。日本關茨城縣東海村ＪＣＯ核燃料處理工廠的工人遭受嚴重輻射暴露後，全身染色體受到破壞、細胞無法再生、喪失免疫功能，導致身故前八十三天，全身皮膚宛如重大燒傷般無一完皮，醫師只好將他的四肢用鐵管吊起，以減緩痛苦。

比八仙塵爆傷患更慘痛的案例，並沒有激起我的情緒，和親身經歷相比，故事再恐怖依舊只是故事。於是妹妹繼續講起第二個故事《廣島末班列車》。書中紀錄的故事是二戰末期，從廣島遭受第一顆核彈倖存的人群，在倉惶之中，搭上列車準備逃亡長崎接受治療，豈料又遇到第二顆核彈投在長崎，在接連的毀滅性打擊下，這些傷者久揮不去的心理與生理重創。

妹妹費心描述完慘酷的人間煉獄後，安穩地睡著了，我反而更沒有睡意。回想起我的童年，由於爸媽都是修行人，從小用良善的心替我們姊妹倆建構出最純潔美好的世界，總要我們凡事反求諸己，盡心盡力不求回報幫助別人。可是當我們姊妹倆長大，離開父母建造的象牙塔後，妹妹深耕歷史，廣讀新聞，得知人間百態，世事無常；姊姊出國深造，自立自強，嘗遍人情冷暖也看盡世態炎涼。縱使能夠體會父母出於保護我們的善根，要我們相信人性至善，但很多時候家庭教育與現實世界對比之下的無奈，常常讓我們姊妹倆除了在睡前時間義憤填膺以外，一籌莫展。

爸爸媽媽應該也沒有想到，從前他們用來為我們構建美善人間的睡前時間，現在會成為姊妹倆思索現世定位的革命交流時光吧！而妹妹講的兩個故事，雖然年代久遠，地點都遠在日本，不過故事的核心意義不變：核能安全性與戰爭的無常，誰說不是依舊存在於二十一世紀臺灣的兩大威脅？

未來，依舊無解

在國外擔任中華隊口譯時，有位來自中國的口譯搭檔，是一位各方面都表現非凡的男生，氣宇不凡，穩重磊落。我第一次意識到「氣質絕佳」這四個字，也可以用在男性身上。由於生長背景特殊，他年紀輕輕就擁有兩項科學技術方面的專業，外加精通五種語言與三種樂器。在沒有接受過任何正規口譯訓練的情況下，卻能精準地翻譯出中文和英文，那流暢的腔調，聽在我的耳裡，真是自慚形穢。

在工作的空檔中，我們無所不聊。談歐洲留學的背景，不同鋼琴彈奏古典樂的觸感，對比兩岸的生活教育，以及想望的未來。我甚少遇到像他這樣的中國朋友，有深厚的國際經驗，過著多采多姿的生活，實在難能可貴。

我問他，希冀本國政府帶給下一代何等樣的未來？他回應：「在家鄉，能有我這樣環境的人只是極少數。我們這些人的未來，除了想移民西方國家，也還希望有機會到臺灣，讓下一代瞭解正體中文教育，並習得五千年來正統儒家文化，最終得以中西兼備的叱咤世界。」對此，我瞠目結舌。沒有想到每天被臺灣人批評的體無完膚的鬼島，會是某些菁英人士心目中的伊甸園。

尤其，我常在國際競賽場合上，感受到歷史背景下導致的深層無奈——臺灣是一個人口數完勝許多先進國家，經濟能力強於許多崛起中的大國，並且天然資源與人文實力都具足的美好國家。只是，當我們站在國際舞台上，我們沒有名字，沒有身分。縱使各方面表現再好，也無法化為實際力量，提升臺灣的能見度與形象。而且，我也無法接受臺灣媒體的腥羶色彩。距離從歐洲回到臺灣屆滿一年之時，我發現這幾年來似乎每隔兩週就會出現一個令人擔憂的重大新聞，但後續發展卻僅有極少人會持續關注，或是經過司法調查以及法院程序之後，結果只會令人更加無言。

不過，臺灣依舊是我的家，我在這塊土地上出生長大，這裡有一切我所愛和愛我的人。若只為了這個理由，我不想這麼簡單就放棄我所生長的地方，到陌生的國度成家立業；也不知道該如何跟孩子解釋，為什麼有人會輕易地斷送自己的根。

身旁的妹妹已如嬰兒般熟睡，如同小時候懵懂未知時那般香甜。我的下一代在哪裡？對於我來說，或許還是個很遙遠的問題。但現在的我，只希望在可見的未來，妹妹還是一樣能跟我輕鬆愜意的聊天講故事，希望她講的故事，對她來說永遠只是故事，而不是親身經歷。身為仍不成熟的姊姊來說，這是我能給予的最大寄望。

有溫度的口譯

語言遞嬗之外，
那些撼動靈魂的瞬間。

1-8 如果的話：警察機關口譯，帶來溫暖的記憶

下了飛機，大箱小箱直接跟著我上計程車，拉出機場，拉進山上。夜很黑，霧很濃，我在後座，很困乏疲憊。不愧是檢調單位，機關位置隱密到導航無法辨識。司機在山路上穿來穿去，不時轉過頭安慰我說一定會找到的，叫我不要害怕——我在心裡偷偷笑了。幾年前，在歐洲大陸上被丟在大雪茫茫、語言不通的地方，都不知道害怕，更何況回到這一塊我長大的地方？

這個計程車司機是個有耐心的伯伯，很盡責地找到隱蔽的機關，還堅持幫我把車開進迴廊，幫我把行李扛上階梯，等接頭的警務員下樓，才調頭把車開走。我看著司機伯伯的車燈消失在山霧中，再一次感受到媽媽祈求的力量，每一次都強大到匪夷所思、不可限量。

警察機關培訓課程

機關很貼心，很晚很晚了，還派一位溫柔的女警幫我等門。女警喊來健壯的同事替我搬

行李，二十多公斤行李在警察手上好似沒有重量，登登登的上樓。接下來三個晚上，警察宿舍就是我的家。宿舍通道長長的，先經過審訊室和槍械室，還有一長排真品與贗品對比的展示櫃子。機關給我一個人用四人房，四張大大的單人床，一套乾濕分離的浴室，待遇跟外國講師一模一樣。我一碰到床就睡著了，直到隔天凌晨鬧鐘叫醒，才起身準備會議資料。

隔天一早，一位西裝畢挺的小員警來敲門，把我帶到審訊間改裝成的同步口譯室。審訊間四壁裝有軟墊，小隊長跟我說，軟墊的裝置是為了防止偵訊過程中嫌犯以頭撞牆，並不是洞燭機先的想到有一天這個房間會改裝作同步口譯用。

開幕式在寫著「親愛精誠」的大禮堂裡進行，前排坐著從國外飛過來的講師群，第二排開始，黑壓壓坐著穿制服的員警。這次的會議果然難，教材是國外國安單位研發用以訓練檢調人員的五天制課程內容，壓縮成兩天半。講師都是擁有幾十年網路辦案經驗的高級探員，語速飛快，並且內容極專極精。想來此前，是在英國的最後兩天，我一邊發著燒，一邊用手機看會議資料，很艱困的在長途巴士和飛機上一字一字的查字典、寫在筆記紙上，生吞活剝一千頁投影片，總算也派上用場。我和同事坐在口譯箱裡，頭頭是道的把講師真實的網路偵查辦案經驗轉譯成中文，給現場的員警和檢調人員聽，心裡深深震撼於犯罪手法之千變萬化，以及執法人員之艱辛。

自然融洽的相處

因為地處偏僻，午晚餐都在大食堂用餐。我被分配到講者的主桌，其他員警和檢調單位分散在主桌外的圓桌用餐。幾位國外探員都第一次來臺灣，甚至第一次拿筷子。想當然爾，第一天中午很熱鬧，小口譯身兼數職，在餐桌上不但要居中幫大隊長和探長翻譯，還要順便進行拿筷子教學。中午的湯是虱目魚肚米粉貢丸湯，我一樣樣的解說：虱目魚肚最好吃的部分是黑色的油花，米粉是米做的麵，貢丸湯是豬肉做成的鮮美丸子，新竹盛產。有一位探員愛極了蓮霧，我又講到屏東的黑珍珠，賓主盡歡。

晚餐時段，外賓有拜會行程，我則和同事留下來，跟基層員警一起用伙房準備的晚餐。四菜一湯，粗切的菜搭配粗切的肉，白斬雞、烘蛋、龍鬚菜炒薑絲、蚵仔煎和酸菜豬肚湯……全是我在國外找不到的道地臺灣菜。剛從英國回來的我，跟警察們一同捧碗扒飯，很有在阿嬤家吃團圓餐的溫暖。縱使在氣氛較輕鬆的研習課程中，員警們依然迅速地解決一餐，並排隊清洗自己的餐盤。他們的紀律，令我佩服，我也堅持碗自己洗，不當特例。

員警們的年齡並不大，最年輕的介於二十後半，而最年長的也不超過五十歲。他們彼此稱呼學長學弟，有一種我很喜歡但是從來沒有經歷過的親暱。他們好努力的要讓我們覺得賓至如歸，把機關裡所有的零食、茶水都搬出來，我搖搖頭說不喝茶。一個警察說：「那喝咖啡？」我笑說：「喝咖啡晚上睡不著，不行，我要調時差呢！」另外一個員警說：「不然吃巧克力好了，還是，要不要看我們練柔道？或者你想不想參觀游泳池？」那照拂的熱心，倍有詩人向陽所言「雙腳所踏俱是故鄉」的溫馨與安心。

後來，我哪裡都沒有去。拿著相機，走在雨後的山上，輕輕地唱歌給自己聽。好多年來，這是身心俱疲的時候，最快讓自己恢復體力的方法。

永遠守護著我的親情

這幾天住在警察宿舍，一直有種既溫暖又傷感的情懷在我心中揮之不去。在和員警們的一來一往之間，我總算知道為何有這份感覺。

看著員警們，我想起了小舅舅。想到他穿著警察制服去小學接我放學的英姿，以及每一次來家裡，我奔出來開門，他都忍不住提醒我：開門不要太快，社會上壞人很多，要時時抱持著警覺。而舅舅買車，牽車第一天，就載我和表妹去兜風。還有考上高雄女中的那一天，舅舅一連打了好幾通電話來，一下子說要買花，一下子說要買手錶，一下子要包紅包，以獎勵我。也想起我大學時期，每一次興淘淘約會回來，舅舅都把我叫到病床邊，氣若游絲地叮囑：「男生不管怎麼對你好，你都要小心，你是父母的心肝寶貝，千萬不能因此放下戒心。你要記住，不管長到幾歲，都要好好保護自己。」

一想到這，便覺得鼻酸，那位從小呵護我長大的舅舅，如今已不在人間。如果現在舅舅還在世，想必也是位居高位的警官了。若可以讓他聽見我的口譯，讓他看見我服務警界，那會是多好的光景啊！除了爸媽的祈求，我相信這也是小舅舅的靈魂，在很遠又很近的地方守護我。一定是的，這幾年來，無論碰到什麼逆境和危險，都有驚無險地度過。我情願相信就是他來不及看我長大，用這種方式把源源不絕的勇氣和溫暖給了我。

未來一直來，我還在路上。我願意用舅舅給我的愛和溫暖，做有溫度的口譯。希望執法的檢調單位和基層員警們，都能收到我聲音裡的能量，從國外探員處學得最棒的偵查技巧，把舅舅沒有來得及完成的那個部分，很美好而且很完整的，接續做下去。

1-9 大人物的視界：從渾沌之中，仰望星空

口譯工作最精采的時刻，就是以第一人稱講述大人物的人生。接下來，我希望能用幾個真實的故事和對話，為大家介紹一位口譯生涯至今最令我感動的講者，JP。

● JP出生於美國底特律的黑人社區，父親是基督教傳教士。JP的童年，從教會和父親那邊得來根深蒂固的觀念就是：不信主，就得下地獄。JP很小的時候就很愛讀書，十歲左右，有一天讀到一本講中國人的書。隔著大洋大陸，這個美國黑小孩對於中國人所知甚少，本能覺得這麼迢遙的距離，父親和教會再怎麼聲嘶力竭，中國人也不可能因此信耶穌。於是有一天，他在大庭廣眾下質問正在佈道的父親，如果不信耶穌者下地獄，那麼中國人怎麼辦？——教會裡沒有人能回答小男孩的問題，JP從那天起沒有再上過教會。

● 高中的時候，JP因為成績優異，獲得哈佛大學的獎學金。可惜那個年代，哈佛大學還是不接受女學生的。家裡有五個姊妹的JP，無法理解為何世界頂尖的學府不願意接納聰明才

智絕不下於他的姊妹，毅然放棄全獎，放棄進哈佛的機會。要知道，這是幾十年前，一個黑人小孩放棄進哈佛的機會，等於放棄全世界。

●一九六九年，JP某天用餐時，腦中突然浮現一個想法：地球人口不斷增加而自然資源有限，他做為一個渺小的個體，應該怎麼做才能稍稍減輕地球的負擔？從那一刻起，他成為一個嚴格的素食主義者，不僅拒食肉類海鮮，連奶與蛋都戒，一直到了今天。

●JP後來還是憑藉著努力與毅力，成為一名大學教授。早幾年，為了兼顧研究與教學，他心力交瘁。不過身體的疲倦從來不會讓他心累，因為他相信，如果每一堂課的準備，都能夠帶給學生受用一輩子的想法，所有的付出與努力，必會在將來收穫最豐沛的回饋。

●JP剛剛開始進行研究的時候，時常得到許多前輩好意的提醒：學術圈裡文人相輕嚴重，最好做「貢獻度微不足道，同時也絕不會被批評」的研究，儘快升等就好。JP反其道而行，認為對的事情就應該堅持到底，「雖千萬人吾往矣」。因此他不做沒有實質意義的研究，不發表無關痛癢的論文，而是針針到位、次次見血，剝筋扒骨的揭示社會的毒瘤，為弱者發聲。他的堅持只有一個：做學問的初心無他，讓世界變得更好罷了。

● 在學術的殿堂中，JP一直被視為反骨。當身邊的同事卯足了勁拚升等與追求頭銜，他認為與其做虛浮的「研究」並用以升等換頭銜，不如著手進行真的能夠幫助人群幫助社會的「動作」，求一個理得心安，換一個天長地久。於是他關顧四周，發現非裔學生受到歧視、殘疾學生需要幫助、新移民處於弱勢、同性戀族群得不到聲援。他於是，一點一滴用最實際的方式幫助這些被美國主流社會邊緣化的族群，透過通盤理解弱勢邊緣人的處境，撰寫能夠影響美國政府決策的聲明與請願。涓滴努力到了今天，他成為哈佛大學哈斯公平與包容社會研究所的負責人，手下帶領超過一百位除了專業訓練以外更有濟世精神的研究員，努力將美國朝真正的福利國家推進。

● 有一次，JP疾言厲色批評柯林頓政府的某項政策，並且得到廣大迴響。很快的，JP接到來自白宮的演講邀請，他極為訝異。他在電話中詢問：「我把柯林頓政權批評得一文不值，你們要我去講什麼？」對方回答：「正是因為您點出我們的問題，因此想請您發揮專才，來白宮教育我們這些決策者，讓我們不再重蹈覆轍。」

● 歐巴馬政權新官上任時，曾大力延攬JP入閣。JP霸氣回絕，用的是這樣的口吻：「

do not want to work for you, but I would love to work with you.（我不願意替你工作，但是我願意跟你一起工作）”意即，放棄高官厚祿，JP更寧願選擇黨外超然的角色，對政府進行更嚴格與更實際的監督。

●JP堅信，所有人類的信仰與行為，都取決於敘事中的價值觀。美國社會長久以來將黑人男性視為亂源，尤其是電視電影，莫衷一是的散佈這樣的偏見。實際上，白人男性的犯罪率，遠遠高於黑人男性，這就是敘事價值的影響力。最近幾年，無論美國或歐洲最興興沸沸的議題，都不脫移民與難民。二〇一六年的美國總統候選人，對於此項命題剛好也有截然不同的敘事價值：川普將移民視為災難，因之信川普者，可見的移民未來就是焦慮與恐慌。反之希拉蕊將移民視為機會，信希拉蕊者，因此選擇了希望與開放的價值觀。

以上，是我為JP口譯節錄下來的真實故事。JP全名是John A. Powell，真正的頭銜是哈佛大學教授，以及數個國家領導人的親密好友與決策顧問。可是他跟我說，與其說他是教授，不如稱他為社會正義工作者（social justice worker）。為人類社會追求公平正義，是他的職責所在，也是他入世生活的源頭活水。

道別前，我問他最後一個問題，他的回答如警世晨鐘，敲響我工作數年來沒有斷絕過的困頓與迷惑。

我：您生命中最大的追求是什麼？

JP：讓世界變得更好。

我：噢噢，我每天，光是把自己照顧好，吃飯睡覺工作，就已經分身乏術。為什麼您可以發這麼大的願呢？

JP：不為什麼，就跟你一樣啊。

我：跟我一樣？

JP：你二〇一四年為什麼會選擇回臺灣工作，而不是留在歐洲？

我：因為我是臺灣人，在這裡長大。我希望能運用所學，好好的教臺灣的學生，讓臺灣越來越好。

JP：（很可愛的笑了）我也是啊。因為我是人，我希望人類社會不斷進步，不斷向上提升。這就是我一生最大的追求了。

英國劇作家王爾德透過劇中人之口，曾經這麼描繪過人生：We are all in the gutter, but some of us are looking at the stars.（我們身處陰溝當中，但有人總能仰望星空）。認識 Powell 教授，終於讓我看見這樣的人物，濁世中昂然挺立的風采。這也是口譯工作最最迷人的部分：進入大人物的思維，透過他的眼他的視界，從混沌之中，仰望星空。

1-10 尊重他人也是尊重自己：隨便翻翻就可以？

無論口譯或筆譯，譯者最在乎的絕不是報酬，而是一份尊重。尊重我的專業，尊重我的用心，尊重我願意花在你身上的時間與努力。大多數的客戶，其實都非常禮遇並且尊重譯者，不過也有少數時刻，口筆譯工作會面臨難以處理的情況。

讓人敬佩的典範

有一次會議口譯時，有位位高權重的主席來到會場。他不是把口譯廂當做設備的一部分，漠視而過，而是認真誠懇的探頭進來說：「今天拜託兩位口譯老師囉！」更讓我驚訝的是，會議一開場，主席就宣布：「我們今天請到很優秀的專業口譯員，歡迎大家踴躍發言，用中文、英文、臺語都可以哦！」

雖然主席非常看重口譯，但說實話，講臺語我其實並不在行。不過，與會的專家，大多是主席的學生或後輩，在主席的一呼百應下，自然帶著珍惜與感激看待口譯服務，遇到音響設備出了問題，全場一齊面對，而非怪罪口譯。

會後，主席率先來到口譯廂，再一次非常真摯地說：「謝謝你們，今天辛苦你們了！」這樣的工作日，風和日麗又震懾人心，遇見天使主席，讓我更珍愛這份工作。口譯工作的亮點，絕非如媒體所言光鮮亮麗、收入優渥而已，而是透過口譯，親炙大師風采。知道原來所謂的位高權重，不過輕如飛絮，打進人心的，永遠都是大師落實在日常的一言一行，看來微不足道，其實舉重若輕。

這讓我立定志向：長了年紀，也要長養敦厚，做溫柔的撫慰人心的口譯。

隨便翻翻就可以？

然而，我也曾經遇到不知如何是好的狀況。通常口譯工作之餘，客戶要我順便進行相關或不相關的筆譯，只要時間來得及、身體狀況允許，我都會幫忙。或者三不五時丟個英文問題、一小段文章，要我翻譯，如果手邊的事沒有把我壓垮，我也多半盡力完成。就因頂著服務與幫忙的名號，剛踏入市場的我又臉生面子嫩，這些所謂的小忙，當然都是無給職的。

不過有一次，客戶要我幫忙翻譯一份專業度相當高的文件。我以為頂多是學術論文的難度，不料一打開原文，主動詞不分、介系詞錯置、完全沒有文法可言，幾乎整個版本都要重寫。

文字本身已是如此，更何況這次的內容要完全配合一個新制規範的要求，一堆專有名詞必須一個一個查過讀懂弄明白，花一整週的工作時間來處理這一份文件，都不為過。

表達真實的心聲

掙扎了很久，我鼓起勇氣打電話給客戶。

我委婉的說：「您好，那份文件我已經看過，不過專業度太高，不是我原本熟悉的領域，再加上是非常重要的專業文件，我想，可能得找母語是英文的專業譯者來幫忙會比較好。」

客戶以輕鬆的口吻說：「唉呦不用啦！這很簡單，你輕鬆修修，隨便弄弄就好！」

當下，換我啞口無言。

客戶又接著說：「不然我在電話裡跟你解釋一下好了，很快你就懂了，翻一下很快吧？」

我還來不及回嘴，客戶急著問：「你什麼時候有空？如果電話講不清楚，請你吃個飯，跟你講一下吧！」

我吸了一口氣，一鼓作氣的回應：「這次您要我做的真的是很專業的文案，第一我沒有這方面的背景知識，第二我也不是英語母語的人，必須額外花很多時間準備，才有辦法處理。

另外，筆譯跟口譯不一樣，口譯是當下把訊息傳達出去就可以了；筆譯是白紙黑字，錯一個字，可能就辭不達意。我希望從我手中出去的每一份成品，都是好作品，我真的不知道要怎麼做到您說的隨便翻翻就好。」

這下，換電話另外一端沉默良久。我只好接續著說：「我明白您對我的信任與肯定，只是這次輕重緩急不一樣，專業文件追求精準到位，如果要做一勞永逸的交流，建議還是找一個專業的譯者，負擔應有的費用，而非找熟人將就行事。」

這位客戶總算聽進我說的話，認真的回應我：「我還是希望給你翻譯，該有多少報酬，公司這邊一定會支付。」

好的譯者不該被軟土深掘，好的客戶，也需要譯者一點一滴的教育。這是一個好的開始，一邊做口筆譯，也一邊磨礪我軟弱、怕羞的個性，更懂得如何與客戶表達真實的心聲。

中華亞太經濟管理學會
APEMA

1-11 賣口譯的小女孩：學到一項技藝，好幫助更多人

在從倫敦飛回臺北前的最後一晚，把這一趟出差的部分口譯筆記攤在飯店床上，照了這張相（右頁）做為紀錄。這張照片裡的筆記，只是眾多逐步口譯筆記的冰山一角。為了在限重二十公斤的箱子裡裝進更多行李，我一路走一路丟，丟最多的就是寫完的筆記本。

回到臺灣後，這是首次跟隨政府長官們出行英國，無論是服務對象的規模層級或口譯工作本身的難度與時數，都打破二〇〇九年以來我進入口譯市場後的里程碑。一日早中晚，兩至三場官式拜會，或雙邊會談，或學術演講。每天至少五小時的單人逐步口譯，連續十天。這一路上，寫乾了近十支原子筆，用掉六本筆記本，光是所有的簡報檔加起來，就足足有三公斤重。

勇敢跨出第一步

舊地重返，觸景生情，在英國學口譯、做口譯，這段跌跌撞撞、堅持不懈的歲月中，一

下子就是好幾年過去。二〇〇八年九月，我隻身提著兩箱加起來快要比我還重的行李來到這個國度，心裡想的是：我要好好的培養一樣能力，好讓我用以貢獻我的國家，還有回報愛我養我的人。兩週前飛抵倫敦，看見機翼下久違了的泰晤士河，也看見河畔的O2體育館，想到陪我走過這一段時間的貴人和朋友們，我突然覺得，老天爺爺真的很眷顧我，我在這一塊土地上每一次的咬牙，他都看見了、記住了，並且一股腦兒的都獎賞我了，給的甚至比我付出過的還要多。

在那段一無所有的二〇〇九年冬天，我拿著口譯碩士畢業證書和博士研究計畫，天天信馬由韁地投履歷，甚至印好了濃縮版的英文履歷，挨家挨戶地沿著銀行和律師事務所的門敲。在那個英國百年來未見的大雪的冬天，一次次地開口詢問是否有人需要通曉中英文的小口譯？我在拜會行程的空檔，把這段經歷分享給代表團的官員們聽，他們說，我是賣口譯的小女孩。

第一次在英國口譯，是一位大我一屆的學姊在回臺之前，將自己原本的工作介紹給經濟拮据的我。主題是法庭口譯，審理的是華人謀殺案。我記得自己熬夜準備，背了一堆謀殺相關字彙，還瀏覽了許多血腥的刑事案件報導。未料工作結束，我遲遲等不到對方律師寄來的支票，造成那年冬天，我度過了人生中最窘迫的一段時間。

拉著行李走雪地

後來翻譯公司陸續有回應。可是對於剛取得碩士學位的新人，翻譯公司東扣西扣，交到口譯手上的費用是委託金額的幾成就算了，有時候連交通費都要苛扣。當時，為了求得經驗與歷練，再差的待遇只要肯讓我來，我都做。為了不至於倒貼，我總是坐最早班的火車出門，工作結束後，待到最後一班火車回家，用交通成本來彌補微薄的薪資，對我來說，已經是家常便飯。長長的時間花在火車上，讓我練就在車上啃食冷食就是一餐，還可以順便唸書做筆記寫論文的能力。

那時候，大部分的工作多為難民局和法務部的社區口譯。中國難民的悲慘故事，讓我在憐憫之餘，學會轉述他人的難言之隱；中國犯人的自白，則讓我在氣憤之餘，體會到世間不只分是非對錯，可憐之人必有其可恨之處。

社區口譯以小時計價，地點在英國國土上任何一處的法庭、警察局、難民中心或監獄。雙腳是我的交通工具，只要時間許可，我會上山下海地鐵搭火車轉公車再走路去。Google Map

是我的好朋友，只要按照地圖指示，天涯海角多不成問題。可是也有幾次，口譯地點落在荒郊野嶺，滿目除了草地就是羊群，我走到天黑氣急，還不見一個人影，只好貿然敲人家的門求助。除了地點外，工作的時間也不固定。我曾經半夜出門去幫酒駕的中國少爺翻譯，也曾經將近一夜沒闔眼陪難民媽媽生產。那個時候，只要有機會讓我走出研究室，呼吸外頭的空氣，我都很感激。

二〇一一年考上英國政府的口譯證照後，不必再因為幾鎊的小錢跟翻譯公司爭取，工作也較有保障。只要口譯品質穩定，幾乎每週甚至每天都有工作，也慢慢開始接民間企業的口譯案，同步、逐步、陪同口譯都來。對我來說，這是一段大鳴大放、大好大壞的時期。我一邊收集分析論文的數據，一邊在學校兼課。為了不影響學校的研究與教學進度，這段時間不管去哪裡，論文與教材都與我同行。當冬季青年奧運口譯到一個段落，別人去喝啤酒休息聊天，我披上大衣，在沒有暖氣的口譯休息室裡，聽訪談做逐字稿。在聯合國旁邊的維也納中心開會結束後，各國口譯相約高級餐廳敘舊，我則匆匆吞掉拉麵回住處，繼續埋首寫論文。我把最好的自己獻給了口譯，再忙再累，也捨不下研究，於是兩邊拉拔撕扯——那幾年的記憶，充滿著我拖著小箱子走在雪地上，不知又要趕赴哪裡的心急。

微調一點點

話說回來，這一次的客戶是來自臺灣政府各部會的長官們，是以往我從未接觸過的一群人。他們與傳聞中的「官」並不一樣，從第一天見面開始，這群叔叔伯伯阿姨完全沒有官架子，笑咪咪地要我稱他們學長學姊，替她們的女兒試穿洋裝，或替他們的夫人選禮物。坐飛機的時候，他們怕我提不動行李，搶著幫我分擔重物。口譯時，他們怕我辛苦，點心飲料一上來，就先替我端茶送水。英國講者講不停，他們頻頻擔心給我太多負擔，非常可愛地限制彼此不要問太多問題，以免造成我太多壓力。政府部門拜會的時候，他們兢兢業業；稿子寫好了以後，先跟我再三比對演練才上場；雙邊會談的時候，他們的主張明確而態度和婉；政治問題問到點上，還學英國人帶著一絲幽默的結尾。我翻著翻著，心中也覺得愉快。學術演講的時候，他們偶爾也會打起瞌睡，不過幾秒內便驚醒回神，迅速地提出犀利的問題請我翻譯。

在下榻的飯店大廳，有架古舊的鋼琴，我閒來無事練練琴，吸引到好幾位長官爭相點歌，搖頭晃腦地伴唱，還把年輕時和當今哪一首曲子的風流韻事分享出來，情真意切，實在可愛。在行程之間的零碎時間中，我發現到身在公職的他們，對於現世處境與外界看法也有諸多無奈，可是這一群人仍選擇在「可以做」和「想要做」之間盡可能地努力。我看著他們，第一次覺得原來政府官員之中，也有這麼多值得我欽佩與愛戴的人才。

我希望，我真摯的希望，他們可以從我的口譯內容當中，學習到英國社會不斷穩定前進的精髓，雖然緩慢，但每一步皆踏實。「微調」——這是我從他們身上學到的務實又委婉的思考行動方針。雖然大環境不容許他們在短時間內做出太多改變，但藉由許多微調的累積，政策也能逐漸轉往更好的方向發展。如果我用所有的熱情與精力做出來的口譯，可以讓他們更了解英國社會一點點，讓每個人都有機會微調一點點，相加起來，我們的未來，或許也能向光明的那一邊微調一點點了吧？

走了一圈回到臺灣，學習到一種能力並且真的用以服務我的家園我的同胞，老天爺爺，謝謝祢，讓賣口譯的小女孩願望成真。

Chapter 2

在教與學之間，讓我們共同前進：口譯教學

五虎崗上的菜鳥老師

踩著青春步履，
迎來晨曦。

2-1 下午的陽光：口譯老師初試啼聲

初次接觸大學的教職工作，是我就讀博士班時，身兼會議口譯所碩士班的助教。教學，讓我得以走出狹小的研究室與學生互動，一直都是博士生活中快樂與活力的泉源。

臨危受命

某次要幫老師代四堂中英同步口譯課，由於前一天中午才臨時被通知口譯教室不能使用，於是我把課排到英語學院的老教室裡。對於教室的異動，小小代課老師自然只能接受，心疼著週末準備好的同步口譯材料因此無法使用，只能臨時抱佛腳，去同事的商學院辦公室加班。用一個晚上備課加製作教材，順便把他桌上珍貴的臺灣郵寄來的義美紅豆牛奶口味糖果順手牽羊，當作學生明天的禮物，讓他直嚷嚷簡直就是交友不慎。

上課當天，一早陽光燦爛，照徹英語學院底下陰暗的小教室。大多數學生沒看清楚課表，還是跑去原本的口譯教室。我打手機講了半天，還是不清楚，索性送班代站到帕金森樓通往英語學院的主要道路口，指揮交通。這麼一折騰，遲了十五分鐘才全班到齊。對於學生們的抱怨，我笑著回答：「換教室這件事也造成我先前準備的講義派不上用場，但抱怨無法解決問題，我們也只能想想別的辦法。」

口譯課堂

這一週的主題是環保與能源，我安排一小段時間作為語言練習，檢測學生是否準備好當週主題，對各項子議題有沒有充分理解，能否泰然自若的使用環保與能源相關的字彙。七人的小班中，先派出一位學生做筆記和稍後逐步口譯，其餘六人分成兩組，選出組長並決定組名。分組結束後，我宣布遊戲規則：抽題即席演講一分鐘，內容必須前後連貫，切合主題，而且為了考驗大家的字彙量，一分鐘的演講裡不能有重複的字句。要是內容邏輯有出入或重複使用同一個單詞，對手組有權決定是否扣分。以下是預先準備好裝在小袋子裡的籤題：

Global warming
Climate change
Carbon trading
Bio fuel
Energy dependency
Nuclear waste
Budget airline
Sustainability
Nuclear power
Fossil fuel
Greenhouse gas
Renewable energy
Eco-labelling
Recycling
Kyoto Protocol

早上這一組不愧是那一年綜合實力比較堅強的一組，一分鐘裡面精銳盡出，不僅言簡意賅，用字精準，還能在時間壓力下關注觀眾的反應增添或刪減內容。以他們九零後的小小年紀而言，實在很不簡單。尤其是給對手扣分的時候，毫不留情，最後勢均力敵，兩組拿了平手。我只好將義美牛奶糖發給兩組人馬，並告訴他們別跟下午組說上午組拿了糖。

第二堂課限於沒有同步設備但是又得練習同步，於是我帶著大家做耳語口譯。先要所有人集思廣益，把需要耳語口譯的狀況都列出來。學生很快地想到要是需要同步口譯的聽眾只有一兩位，或是沒有同步設備，或是語言種類眾多，同步設施不足以供應所有人的需求的時候，都需要耳語口譯。我補充了英國耳語口譯使用得最頻繁但是常常被忽略的地方，就是法庭。

我在小小的白板上畫出法庭配置，把法官被告原告律師席和口譯的位置都標出來。不過，此時的練習材料跟法庭一點關係都沒有，隔天就是學生們這學期第三次的模擬聯合國會議，我的責任是要幫助他們更加熟悉所有的背景知識以及中英字彙。因此接下來讓他們兩兩配對，一人當客戶，另一人當耳語口譯。我拿著美國能源部長二〇〇七年主持全球核能合作部長級會議開幕發言稿，把自己當成 Sam Bodman，有模有樣的發起言來。

發言到一個段落，學生表示耳語口譯很容易受到其他口譯的影響，我反問：「這項問題該如何解決，在沒有口譯包廂又要做同步的情況下，我們該怎麼做呢？」班代回答：「受干擾的時候就做筆記，之後再用迷你逐步的方式回報重點。」我點頭，這是正解。

上午組和下午組的上課時間中，有一個小時空檔。陽光大好，我穿著齊整的走在校園裡面，這麼短的時間不夠我回家吃午飯，也不夠我回研究室趕論文。所以就晃到帕金森大樓，樓裡正舉辦畢業生實習展。在一個攤位上，除了宣傳單以外，還放了紅紅綠綠的棒棒糖。我怯怯的走到攤位前面，很誠實的說我馬上就要教課，是否可以給我幾支棒棒糖當作學生獎品。攤位上的幾位廠商代表哈哈大笑，從後面拿出裝棒棒糖的盒子，讓我愛選多少就選多少。所以我拎著八支色彩鮮麗的棒棒糖，來到下午組的教室。

下午組的組合多元，不像上午組清一色是中國來的英語主修生，這一組有一位馬上就要臨盆的東北孕婦，一位學中文的英國男孩，一位臺德混血長得像歐洲人，卻滿口臺灣腔中文夾雜臺語的學生。我像早上一樣，講解了演講比賽的遊戲規則，一分鐘都不浪費的進行比賽。由於其中有兩位英語母語的學生在場緣故，下午組戰況比早上來得更加激烈。

英國男孩和臺德混血男孩同組，東北孕婦則是另一組的組長。孕婦來唸書之前，已經做了八年的自由口筆譯員。果然薑是老的辣，批評起對手的演講邏輯和贅字，可真是一針見血。另外，兩位小將也不是省油的燈，臺德混血學生狠抓孕婦演講語句中間的冗言贅字，連 um、well 這樣的語助詞重複，都一一扣分。他們這樣你來我往，但最辛苦的還是在一邊計分的我，在動筆紀錄的同時，忍笑忍得好辛苦。

最後，針鋒相對的兩組很神奇地硬又是拉了個平手。我把棒棒糖拿出來，非常驚奇地看著這一群碩士生像小學生一樣，比出勝利的手勢，搶自己喜歡的口味，並立刻在課堂上舔起糖來。第二個小時一樣承襲上午組的活動，我當講者，學生兩兩一組練習耳語口譯。英國男孩和臺德男孩不進中文，就請他們擔任參與會議的英國部長與德國部長，透過口譯員跟我進行交流。時間過得很快，一轉眼兩個小時便過去。

博士生看碩士生

擔任教職的每次下課後，總是會有學生三三兩兩的圍過來，告訴我他們今天晚上要吃什麼，等一下要練習什麼，下一週要去哪裡度假，下學年打算去中國或臺灣，或者是問我的博士生活過得怎樣。

想二〇〇九年的那個三月，一定也有著某個晴天燦爛的下午，我就像他們一樣，上完了一天的口譯課，就仿若卸下重擔，可以開開心心的回家準備晚餐。那個時候的我還很年輕，未來該如何走都是明天的事情。看著他們笑著跟我揮手跑過馬路，我想，從幾年前那個陽光明媚，到此時下午的陽光明媚，我小小的世界，已經有所不同。

2-2 阿石伯：英國學生認為，阿石伯姓R

有一週口譯課的主題是食品與農業。我拿以前自己當學生時候準備過的演講——阿石伯與台北樹蛙——的講稿出來，又找到公視往年的節目「我們的島」，其中有一集「最後一芝蛙」的報導，讓學生做講稿加影片同步口譯中進英。

阿石伯的英文怎麼說？

結果呢，這一班可愛的學生，所有生態保育、有機農業、產業結構、瀕臨絕種動植物等等的專有名詞都難不倒，讓我戴著耳機邊聽邊笑到快要岔氣的居然是「阿石伯」的介紹。這個名字呢，有人譯成 Mr Shi（石先生），有人稱呼為 Uncle Stone（石伯伯），還有混搭的 Mr Stone 或是 Uncle Shi 不一而足。還有人一開始偷懶沒想好名字，就胡亂用 the elderly flower famer（一個老年花農）帶過去，後來阿石伯這三個字不斷出現，這位同學乾脆省略名姓直呼阿石伯為 the elderly man（這個老頭）。隨著演講密度越來越高，訊息量越來越大，甚至有同學把阿石伯說成阿土伯，給我來一個 Uncle Ash 的。

阿石伯姓R

可是這些都比不上英國學生蛋糕先生。蛋糕先生濃眉大眼，高高帥帥，是今年中英口譯組裡唯一一個不做英進中同步口譯的學生。所以當同學都進箱子練習同步，我把他留在會議室裡直接聽我的中文演講，等同學做完同步口譯以後，讓他做進英文逐步練習。蛋糕先生聽我演講並當場記筆記的時候，一臉困惑，我本來擔心他是不是聽不懂，或者我語速太快內容太難。可是一旦讓他進英，他美麗的南方英文光彩照人，他高高大大的身體微微前傾，又認真又嚴肅又專業的講阿石伯、蓮花與台北樹蛙的故事，所有中文組同學都既崇拜又欣羨的盯著他——除了每一次他提到阿石伯的時候。

蛋糕先生口裡的阿石伯都成了 Mr.R ——這個 Mr.R 讓所有人都大惑不解，每次他一說，就有人皺眉頭。蛋糕先生做完中進英逐步口譯，我第一個問題就問他 Mr.R 到底怎麼來的。他睜著迷人的大眼睛很坦白的說：There are three characters in this name, and for Chinese people the first one must be the surname, so isn't he Mr. 阿？（他名字有三個字啊，所有中國人的名字只要是三個字的不都是第一個字為姓嗎，所以阿石伯就是阿先生啊？）

全班爆笑。我知道阿先生又即將成為這一屆口譯班的經典笑話了，跟我在當口譯研究生當年發生過的，全班想不出來 sausage（英式肉腸）到底該譯成什麼中文才好的窘況。說香腸嘛，跟台灣中國紅色的臘腸差太多，說火腿嘛又不是，為了討論到底要怎麼譯這個腸的名字，全班花了幾乎半節課的時間推敲未果。最後有一個北京同學怯怯的舉手說，就說是腸，後面加個儿就可以了——所以，請大家跟我一起唸：腸儿。

2-3 最初的兩個小時：當新老師遇上大一新生

學校坐落於山上，校園裡老樹蓊鬱，時常可以聽到整片蟬鳴。上山的交通工具是小小的接駁車，一出捷運站即可搭乘。小小的車顛簸著，走過窄窄舊舊彎彎曲曲，但是非常熱鬧的主要街道，再經過櫛比鱗次，新舊交加的住家大樓，可以到達學校的中心幹道，也就是名字相當懾人的驚聲路。從驚聲路往上走，慢慢踅過老古典園林建築式的行政大樓和學生活動中心，通過覺生圖書館前面的草皮，就可以來到外語大樓。

我在外語大樓頂樓有一間約四坪大的方正研究室。研究室裡擺著兩張書桌，一個鐵製公文櫃，一套簡單的單人沙發組，一座樹狀的衣帽架。報到的這一天，由於英國包裹仍遠在海外，整個研究室空空如也，顯得格外寬大。研究室裡配有的電腦仍是使用 3.5 磁碟片，搭配陰極射線管的老舊螢幕，旁邊還放著一台結滿蜘蛛網的數據機，和樣式古拙、體積龐大，已經完全不聽使喚的印表機一座。整間辦公室裡，唯一能正常運作的是冷氣機，非常盡忠職守地負責把汗流浹背的我吹乾，好體體面面的去授課。

新老師的第一堂課

這兩天是大一英文先修班，基於今年新推出的政策，各系將推派系上最有人氣、最有特色的老師，把自己的授課精華壓縮在幾個小時的時間內，展現給尚未選課的大一新生觀賞，藉此吸引他們前來修課。我初來乍到，也被安排秀個兩手。因為是新人，主任帶我進教室，介紹一番，才把麥克風交給我。

這是我第一次在完全沒有口譯設備的傳統階梯教室教授口譯。面對一整座牆面的黑板和滿滿的學生，有一種誤闖補習班的錯覺。一想到選課名單上，同步口譯課選課人數顯示的三位數，我決定按照既定計畫先來個下馬威，盼望用高標準先知會一些不明白情況的學生。

我以全英文進行自我介紹，在五分鐘內交代完自己的背景以後，突然點了一位坐在最後一排，忙著滑手機的男同學，笑咪咪地看著他，轉成中文說：「這位帥哥，請你把剛剛老師說的話用中文重述一遍。」穿著緊身黑T恤的男同學勇敢地上台，看似自信地開口，幾秒鐘後便轉為沉默。

男同學很識相地說：「老師，對不起，我剛剛沒有注意聽。」這麼一著，原本嘻嘻哈哈的大一新生，全都跟著男同學一樣，轉為沉默。不打算給予他們喘息時間，我將學生分組，每組五個人，每個人皆須在一分鐘內，按照黑板上我寫下的問題進行自我介紹。問題有兩個：一是念英文系的動機，二是四年後畢業想要從事何種職業。

學生一位接著一位自我介紹，我整個教室繞著走，邊聽邊筆記，這樣一來，可以立刻了解學生的英文程度，以及他們大概會想從我這裡學到什麼，並開始評比他們的印象分數，也暗暗記下聊天和打混的學生。五分鐘畢，笑咪咪地請他們上台，擔任其他同學的口譯員。最後，我在白板上整合今年大一新生想要學的技能（不外就是聽說讀寫譯），連結到做口譯需要的技能（也就是聽說讀寫譯的融會貫通），又用樹狀圖點出培養這些技能所需的練習。

當新老師遇上大一新生

第二堂課，我圈出黑板上最大多數同學想要學習的兩項技能：演講和筆記。我先當英文講者，講了一個情節簡單的故事，講完以後請志願者上台，根據記憶力重述，並就志願者的表現，挑幾個英文演講的重點，稍作點評。後半堂課則是播放 Jamie Oliver 宣傳健康飲食短片。我請學生拿出空白紙張記錄下重點，我自己邊聽邊在白板上寫我的口譯筆記。短片播完，我下台檢查學生的筆記，結果發現大多空空如也。

我大驚，問怎麼回事？通常沒有受過訓練的人的筆記，應該是字越多越複雜才對啊！坐在邊邊的小女生怯怯的說：「老師你太酷了，我們都在看你表演。」由於學生們沒有筆記，距離下課時間又迫在眉睫，我只好直接就著白板上自己的筆記，做了一遍逐步口譯。這一群可愛的大一新生，給予我非常熱烈的掌聲，作為我正式執教鞭來第一堂課的結尾。下課後，學生並沒有作鳥獸散，而是圍到我身邊嘰嘰喳喳。

「老師，你有英國腔，講話好像妙麗！」

「老師，你到底幾歲，為何看起來跟我們一樣大？」

「老師，雖然我才大一，但我想要修你大四的口譯課，可以嗎？」

在返回系辦的路上，我忍不住偷偷翻閱學生的意見調查表。隨手一翻就有好幾張寫著喜歡口譯課，想要更多口譯課，想修 Angy 老師的課。新手老師的第一天，雖然住處無著，雖然淡水酷熱，雖然懵懵懂懂一切都尚待摸索，我還是要帶著這一點點的甜，用心努力的面對接下來的每一天。

2-4 會話課，畫老師：年輕老師與國際學生

由於專長是口譯與口說，因緣際會下成為以國際學生為主的全英語學士專班之英語會話課老師。對於就讀博士班時曾擔任大一中文兼任教師的我而言，教授來自四面八方口音背景各異的學生，並不算是陌生經驗。於是我就照著在英國授課時的那一套，每週花時間從生活周遭準備配合課程進度的教材，帶著滿腔熱血走上講台。

國際學生的會話課

英語會話課這兩週的進度是形容人（describing people）。我借用醫美診所的誇張模特兒廣告，和學生一起把人的外表分成幾個大區：五官、髮型、體型、穿著打扮和特殊印記，像是胎記、痣或傷口，然後拋磚引玉地列出幾項常見的形容詞，做為參考。根據我列出來的形容詞，補上我沒有列出，或是他們覺得有特色的形容詞，就是學生們上一週的回家作業。

這一週上課，我很快地由上而下，整理好全班對於形容外貌的說法，給大家幾分鐘熟記

用法後，就把全班拆成三個組：兩組競賽組，一組裁判組。裁判組在小紙條上寫下某位班上同學的名字，兩組競賽組分別負責形容這位同學的長相，哪一組的用詞越精確簡明，就能得分。一輪遊戲下來，連最害羞的少數幾位臺灣小女生，都可以快狠準地描述歐洲同學的樣貌。

從會話課變繪畫課

下課回來，一位來自英國的學生建議，班上好幾位同學是畫畫高手，何不讓評審描述同學長相，每次只給一項外觀的形容，讓畫畫高手一次畫一筆，然後兩個組去競技，看哪一組越快猜出畫的人是誰，快者為勝。我樂見其成。

第一題評審組的形容是，體型嬌小（petite），綁個馬尾（pony tail），穿短裙配靴子。第二筆還沒畫完就有人嚷嚷是Angy，也就是我，於是第一組得分。評審組發現必須提高難度，開始挑模稜兩可的形容詞來使用。接下來，黑膚（dark skin）、捲髮（curly hair）、中等身材（medium-built）等形容詞開始出現，同時符合班上好幾位來自臺灣友邦國家同學的特徵。若陷入僵持，評審便會降低難度，給一些稍微有獨特性的形容，像是一位西班牙同學特有的山羊鬍（goatee beard）或來自聖露西亞同學們燙直了的捲髮辮子。

藉由這項遊戲，每一位學生開始認真觀察其他同學，甚至注意到平時不曾留意的小細節。同時，黑板上的圖像與現實真身的差異也成了學生們之間的玩笑。常常畫畫的同學還沒有畫完，班上已經哄堂大笑，被畫的同學紅了臉，猜對的人則洋洋得意，兩組對外互相叫囂，對內則齊心協力，把講義上的外貌形容詞發揮得淋漓盡致。

同事眼中的挑戰

下課鐘響了，可是學生們仍意猶未盡，紛紛要求再玩一局以分出勝負。我順著他們的意，並且加重計分，戰況激烈到隔壁班的同事下了課也過來觀戰。同事嘖嘖稱奇，告訴我這門開給國際學生的英語會話課，在系上一直是燙手山芋。臺灣老師對上母語為英語的國際生，不僅須全程用英語上課，整堂課的英文發音、文法、用字遣詞都不允許出錯，並且教法和內容必須夠新穎、活潑實用，才好吸引國際學生的注意力。歷來只要能夠選擇，大部分的老師都避之唯恐不及，深怕自己在課堂上失誤犯錯，被眼尖的國際學生發現，丟失了老師的尊嚴。

過去幾年來，靠著資深的美國老師替大家接了下來，可是如今他已退休，燙手山芋自然落入最不怕死的新人手裡。同事告訴我，大家知道我教這門課，其實都為我捏把冷汗。如今，學期已過了三分之二，而我的熱情依然未減，學生也居然一位也沒有退選，上課氣氛還熱鬧到隔壁教室都可以耳聞，不敢說是前所未有，但總算是過關了。

是教也是學

每一次下課十分鐘，都是我珍貴寶愛的時間。因為，菜鳥老師單調的學術生活裡，就是這段時間可以接收到生鮮火辣的第一手青春熱血消息了！才升任專任教師數個月，加一加也不過幾十次下課時間，我收集到的一手資料既廣泛又深入，既重要又八卦。從現在大一到大四的學生的生活作息，學校附近好吃的店家，系上的明星老師與殺手老師為何，誰的家境有問題必須要多擔待，誰有肉眼無法分辨的罕見疾病需要特別照顧，班上誰跟誰在一起，甚至誰跟誰曾經在一起，都鉅細靡遺的入我耳入我眼入我胸壑。

究竟是我在教你們呢，還是你們在教育我，化為種種示現要我更加了解這個世界？學生是一本大書，幾個月前還是學生的菜鳥老師翻開，懇懇切切的讀。

2-5 耶誕叮嚀：一九一四到二〇一四，聖誕節的意義在哪裡？

二〇一四年聖誕節的台灣早晨，我像平常一樣聽 BBC Radio 4 配早餐，聽到一百年前處於一次世界大戰之間的那一個聖誕夜（一九一四年十二月二十四日），對立的德軍與英軍法軍，在戰場上因為共同的平安夜旋律和聲高歌，甚至走出戰壕，交換禮物並且踢起足球的故事。無獨有偶，當天晚上看臉書發現 Taiwan EU Watch 也報導了一模一樣的歷史事件，還附上二〇〇五年獲得奧斯卡最佳外語片的電影，Joyeux Noel（聖誕節）。

聖誕節最珍貴的價值

這天早上，連著同步口譯和大二英文四個小時的課。我不分軒輊的做起調查，要在場同學昨晚有吃聖誕大餐的舉手，有交換禮物的舉手。果真，沒有慶祝活動的只有零星幾個。

我接著問：「禮物和大餐底下，到底聖誕節最珍貴的價值是什麼？」

學生一片靜默。於是我講了一百年前戰地上的平安夜故事，放了電影的預告片和戰爭記錄片。砲聲隆隆和魁偉戰爭配樂下，這群之前告訴我除了電動和夜騎以外生活沒有意義的孩子，好認真的聽，睜大眼睛看。我又跟學生分享英國爸爸的故事，他的名字來自第一次世界大戰墜機身亡的叔父，他驕傲的把名字的故事一代一代的傳下去，從此每個韋家的小孩，都知道自己有一個光榮殉職的先祖。

擁有一雙看世界的心眼

說完了上述的故事，我停下來，問班上同學：「幾十年之後，你的子孫將會如何記得你？在你年輕的時候，身邊曾發生過什麼偉大的事情？頂新地溝油嗎？兩黨惡鬥嗎？還是某人帶了誰上摩鐵，哪個夜市什麼小吃最好吃？」

全班一片靜默。我靜靜的說：親愛的大家，你們都成人了。世界很大，外面的風景很美。今天你們多學會一種語言，等於就是多擁有一雙心眼可以好好看這個世界。我希望你們能夠分辨，什麼是迷惑人心的浮光掠影曇花一現，什麼又是亙古流傳撼動人心的普世價值。什麼可以讓我們站得挺立，活得精彩，讓我們對著下一代講故事的時候深情陶醉。

原本只是應景分享百年前的戰地聖誕節，始料未及的是，今天的課，學生出乎意料的謙卑聽話。我想，感謝聖誕節，讓做老師的我也學到：最好的教鞭，就是愛與人道關懷，使用起來不但不疼，還滋味甘美。

是教也是學

衝撞與困惑會過去，
我們終將一同成長。

2-6 師者：當認真的老師碰上取巧的學生

Don't walk in front of me, I may not follow.
Don't walk behind me, I may not lead.
Just walk beside me, and be my friend.

——Albert Camus

別走在前頭，我不會跟隨你。
別落在後面，我不會帶領你。
讓我們一同前進，讓我們亦師亦友。

——卡謬

新師上任如履薄冰

這是開學第一週，我第一次以專任教師的身分在大學任教，跟我第一批學生說的話。我是這麼告訴學生的：「我只是一位剛剛畢業的菜鳥老師，沒有豐富的教學經驗，更沒有傲人的研究成果。我所有的，就只是滿腔熱情，希望你們能盡情地把老師身上十八般武藝都學走，於往後展現不遜於老師的亮眼成績。你們是我教書第一年碰上的第一批學生，我相信你們會是我生命中非常重要的一群人。如果你們願意跟著我，讓我們一起學習，共同成長互相勉勵。」

開學月餘，我一直戰戰兢兢，不斷鞭策自己。無論是招牌課程口譯筆譯，或是國際學生的英語會話課，每節課無不兢兢業業，如履薄冰。從課堂上學生認真渴切的眼神，和幾乎每節課後都有自動留下來討教的學生，我以為，憑藉真誠和熱情，就足以打動這一群同事口中「非常難搞」的孩子。

然而，事情總不可能那麼順利。

最初的考驗

週五早上第三、四節課，是全校英文必修課的時間。我的英文課學生大多是商管主修，很典型的臺灣學生樣子。上課木木的，沒有什麼反應，被點到回答問題，多半羞澀的說不出話來，可是絕不會漏掉抄在黑板上的任何訊息，筆記抄得比誰都認真。

他們對於老師的欣賞程度，跟座位到老師講桌的距離，呈絕對反比。死忠的幾個學生，總是坐在前面，課前預習課後複習，只要是課本上的習題，點他們，絕對沒有問題。中段有幾個害羞的女生，上課不點頭也不搖頭，沒有反應，可是下了課，又很羞怯的圍過來問東問西，或者小小聲的安慰老師說上課不是不理妳，只是太害羞不敢回應。最後面的幾個，玩手機，發呆，補眠，交頭接耳，無論幾點都像剛剛睡醒的樣子，甚至有幾位吃著早餐。

第一週，我像對待其他班級一樣地問他們對於課程的想法，還有未來的志向。他們回答不外乎對於共同科英文沒有感覺，而主修商管出路很多。所以全班七十個人裡，除了零星幾位想出國好好學習英文外，其他人對於未來都是不知道、還沒想。我在心裡告誡自己千百遍，這些孩子可以經由我而改變，若他們對英文沒有興趣，那我可以誘導他們產生興趣；若他們對未來的志向還沒有想法，我也應該尊重他們，或是替他們開啟新視野。我所求不多，只希望整個班級裡，因此出現幾位開始對英文有興趣的學生，那麼所有的付出都值回票價。

我想著這群孩子會是臺灣下一代的主力，也是當今環境下，對於現狀感到最困惑、最不滿、最需要伸出援手的一群。若做為老師的我，只是自顧自地打混過去，交差了事，那臺灣的未來恐怕會是一片黑暗，包含我自己的下一代。所以，除了既定的課本內容外，我每週都撥出半節到一節課的時間，變換花樣，誘發他們學習英文的動機。

有學生想了解英國文化，我就圖文並茂地介紹，拿出私藏的皇室茶包給猜對英國食物的同學當獎勵；有學生聽力差，不知如何改進，我就找生動有趣的錄影，拆成字句，逐句解讀，直到全班都露出滿意的笑容；有學生表示課本內容與現實脫節，我就跟緊時勢，節錄艾瑪華森到聯合國婦女署發表男女平權運動的談話、李奧納多做氣候峰會的開場演講，無不在第一時間於講台上當起口譯兼教師。我無所不用其極，希望能吸引住這群貌似除了手機、電玩、社團、打工、追星、夜唱夜騎外，生命中似乎沒有其他重點的大學生，希望他們能換個角度，好好用英文探索這個世界。

相繼的挫折

開學的前幾週內，縱使是這樣的班，出席率也不算差，教室仍有八九分滿。我是那種只要有學生回應，教學活動能進行下去，就懶得花時間點名的老師。直到今早一進教室，第一次感覺到教室的異樣。稍稍一數，七十五位學生的班出席率，竟不到一半。我第一次拿出名冊，笑咪咪地說：「開學這麼久了，都還叫不出同學的姓名，實在是老師的失職。那麼我們今天就來認識一下班上的各位同學。」

點名之餘，順便問他們平時學英文的習慣。我其實是想問出，兩個月內竟然少了那麼多學生，是不是我的課程內容仍無法滿足他們的期待。若真如此的話，那他們究竟想要什麼？我邊點名，邊瞄到許多學生飛快地傳訊息通知其他同學來上課。於是學生人數便在短短十分鐘內增加了近一倍，但教室中仍有些許空位。

第一節課結束後，又突然出現十幾位同學圍到講台邊，說要「補點名」。我笑著問他們曠課的理由。少數人承認昨晚玩社團，去夜唱，今天早上起不來。幾個人說生病了，發燒了。又幾個人千萬保證，說下次會注意，老師對不起。我輕輕叮嚀，對夜唱的說下次早點睡；對生病的說，要好好保暖多休息。他們點頭鞠躬的回去，我笑了，學生果真是乖。

第二節課堂上，面對著看似滿堂的學生，我繼續興致勃勃的上課，講解文法，播放聽力練習。結束後，我隨手點了某位學生回答問題，卻得不到回應。我有點困惑，他的名字旁邊，是打叉又打勾的記號，表示十幾分鐘前他才過來「補點名」。我不死心，又接連點了幾位相同系級的學生，仍是一片死寂。後方一位同學舉手，小聲說：「老師，他們走了。」我看著眼前的點名表，看著我打叉叉又劃掉，再打勾勾的註記，半晌沒有說話。再度開口，聲音卻突然哽咽：「這樣的行為，會讓老師很傷心很傷心的。」

全班靜默。

比起生氣，當下更強烈的感覺是失望與荒唐。第一節課曠課，下課期間補個點名，然後拍拍屁股走人，這不就跟上一秒對愛人滿口甜蜜，下一秒馬上另娶他人一樣自打嘴巴嗎？為何不能老實地面對自我，卻要做出如此欺騙自己的行為？不能來上課，不想來上課，就好好地跟老師坦白，我至少還能視為敢做敢當。像現在這樣，人來了心卻不在，甚至只是露張臉假裝自己與他人同在，這種程度的小聰明，也只有學生時期有點用處，但伴隨而來的損失，可不是一笑便足以置之。

接下來的半節課，留下來的學生表現出前所未有的專心與認真，同心齊力，小心翼翼的程度，讓我刮目相看。下課後，一個穿運動背心的小男生過來了，非常恭敬的說：「老師對不起，第二節課社團有事，所以我先離開了，老師對不起，請不要記我曠課，我以後會記得先跟老師報備。」我看著他誠摯懇切的道歉，心想：人啊，總是要把對方傷得極深了再來補救，這麼多的早知道，換不回一個菜鳥老師一往不復的信任與熱情。

再傷心也不能放棄

在上午密集的四堂課結束後，下午則有我所負責主辦的口譯大師講座。慕大師之名而來的學生，擠滿了中正堂。會後，還有多學生搶著跟大師合照。其中有一位口譯課堂上的學生，一位很認真的大一小女生，拉著外系同學找我合照。外系同學看著我問她：「這就是傳說中的Angy老師嗎？」我一聽便轉頭微笑，詢問他聽到何種傳聞，請讓我知道。小男生口無遮攔，直接表示：「他們都說，妳是一位嚴格但教得非常好的新老師啊！」

曾經是我的啟蒙老師，受我邀請至此的口譯大師在旁一聽，也笑了。我看著自己從前的老師和現在的學生合影，想著老師教我的傳承，想著做口譯的初衷就是要發揮自己愛語文愛講話的特長幫助別人。那麼，此消彼長，師者的悲欣交集，師者的辛酸與美麗，我想，這個浮動的天平還會再撐持下去。

2-7 徐似摩與筆譯課：當老師，再傷心也不能失望

筆譯課上有位清秀斯文的學生，瘦長個子，眼神炯炯，每堂課都坐第一排，用灼灼眼光盯著我。他外表俊秀，中英文的底子都不差，對於筆譯課的態度極其認真懇切，先在此稱他為徐似摩。

預料外的衝突

徐似摩是全班最最認真的一個學生：每週的回家作業都確實完成，期中期末報告總是寫得鉅細靡遺。打從第一堂課開始，每次遇到艱澀的翻譯段落，當全班一片靜默時，他總會舉手回答，化解尷尬的場面。沒有他不會的翻譯習題，我也因此沒有下不了的台。下課以後，同學四散，他總拿著課外的翻譯作品向我討教，甚至自動自發看完了我推薦但是不在考試範圍裡的翻譯理論書，熱切地捧著書來跟我討論。我以為，一來一往間，有某種教學相長的樂趣正悄悄堆疊。

這天的筆譯課，因為分組和簽加選單等等的瑣碎事項比較晚下課，徐似摩耐心的等在幾位女同學後面，鏡片後眼光灼灼。當我簽完最後一張加選單轉頭問他有何事，他一反平時溫文儒雅的態度，揚著手上今天剛發下去的本週作業，氣勢洶洶地說：「老師，就這樣嗎？你就把作業發了就沒你的事了嗎？上個學期根本沒人在做作業，你都沒有學到教訓嗎？班上這麼多人沒在做作業，你不覺得你當老師有責任有義務要規定大家都寫嗎？」

我愣了一下，真沒想到徐似摩會為這種事情花那麼多時間排隊找我。我只能回答他：「我是大學老師，我的職責是好好備課，好好教課，盡好自己教學的本分，至於同學是否盡到自己的學習義務，真的不是我能掌控的事情。」

徐似摩對於這個答案相當不滿意。他劈頭就喊：「你這樣是失職，你知道嗎？你教得好有什麼用，學生根本不學！大家都不做作業，你整天喊要增進道地的中文英文，你是喊心酸的嗎？你讓同學帶回家做，這麼多人不做，然後你考試還考這些，你有想過這樣真的對學生好嗎？」當老師以來，第一次被學生這樣衝撞，雖不至於生氣，但的確心驚。我輕輕問他：「所以你的建議是什麼？」

都是分數惹的禍

他五官分明的臉上青筋畢露，連話音都激動得在顫抖：「你要算分數啊！每週作業你都應該要收回來改，然後算分數啊！你要給他們危機感，讓他們知道自己來到這裡是跟著你學習，而不是來浪費時間。你要是不願意逼我們寫作業然後改作業，那麼你不要當老師好了啊！光是在課堂上討論作品有用嗎？如果沒有用，為什麼要做？」這時候，班上還有一半尚未離開的同學，全部轉過來看著講桌前的我和他。如果這時教室上空有攝影機，應該可以捕捉到徐慷慨激昂，扭曲激動的神情，和我疲倦又困惑，無奈又努力保持平靜的臉蛋。

補充說明，我的筆譯課上課方式多半是將前一週的回家作業帶來班上，用逐個批改、小組討論、譯作評比等等方式進行課堂活動，下課前再出下一週上課時所需的回家作業。這樣的課堂方式跟我以前在大學和研究所接受的筆譯訓練模式如出一轍，為大學課堂上較普遍的筆譯教學方法。這種教法見仁見智，認真的學生準備充分，跟老師與同儕來往反覆當中，無論中英文都能得到顯著的進步。而沒有準備的學生，來上課時，至少還有別人的作業可以聽，但翻譯實力的積累，可就不敢保證了。

分數與實力間的拉鋸

原來徐似摩要的就是分數，要看見自己的任何一點付出都能立即反應在可以看見的地方。我看著徐似摩漲紅的臉，想到幾年前，跟他一樣年紀的自己身為英語系主修生，但是時常跑去旁聽中文系課程的曾經，輕輕告訴他：「語言乃至翻譯的學習都依靠長期的累積，學習應該是主動而不是被迫，追求的是受用一生的能力，而不是畢業即丟的分數。分數真的不能代表能力……。」

或許是上了一整天課的當下，腦筋已經不太靈光，表達不夠清楚，這樣的解釋依然無法滿足徐似摩的疑惑。他義憤填膺地說：「你不敢要求每個同學都做作業，你就沒有權利用上課材料當作期末考題！」便氣勢洶洶地抓著作業走了。

四散在教室裡的同學圍上來，你一言我一語：

「老師，你人太好了，幹嘛跟他講那麼久？有人不爽就不要修，多出的位子還能讓想上老師課的學生加簽進來。」

「老師，每次看到學生在課堂上嗆你的時候，我們看在眼裡，都超心疼的。」

「老師我們都喜歡你的課，老師你不要生氣喔……」

我沒有生氣，完全沒有。只是有一點點失落。我以為他是跟我最有共鳴的一個學生。我以為，在講桌前賣力傳送的，對於語文的熱誠，創作譯文的欣喜，也許可以傳下去，讓哪個年輕人的心也跟過去的我一樣，游移在中文英文裡就不能自已。今天下午，學生的質詢還有同班同學的描述，告訴我一直以來他要的，不過就只是分數而已。他所有的熱誠與主動，也不過就是在爭取分數的基礎上輸誠而已。

徐似摩走了，勸慰我的學生們也被我勸走了。我像往常一樣關燈關門，抱著一大疊翻譯講義懵懵走出教室，腳步虛虛的踩空了一個階梯。早上的口譯筆記本摔到地上，打開來的那一頁上面，工工整整躺著我在來此校第一天寫的，一直很喜歡的兩行字：

「在中文與英文之間，有個場域。我在那裏等你。」

還是會繼續等下去的罷。等一堂真正可以教學相長的課，等一個跟我一樣真心喜歡口譯筆譯的學生，等一個剛好也在那個場域裡，跟我有著說不完的話的人。

2-8 得英才而教之：每一步，都是祝福

幾年前剛剛進入大學授課，第一次以專任教師的身分開課。當年我是菜鳥老師，他是大一新生，通過重重關卡就是要修我開在大四的口譯課。外系的他，年紀最小，可是比誰都還認真。修課不到一個學期，出征全國逐步口譯大賽，就抱了一個名次回來。

如果我是火，那他便是油，在潮濕的島嶼上幫助我抵抗濕氣，持續燃燒。雖然當時並沒有明顯意識到，那種無形中的鼓勵對於我十分重要。對於他的認真向學，我拿出所有能教授的口譯知識和技巧來回應，只希望認真勤懇的他，能夠學到他想學的一切。

第一封推薦信

後來他找我寫推薦信，我毫不猶豫便答應。在有限的時間中，我惶然草擬了人生中第一封為學生寫的推薦函，收件地址是日本錄取難度幾乎僅次於東京帝大的某所國際大學。由於是第一次推薦，我抱持著些微的不安，擔心自己的推薦信分量不夠，不足以為他爭取良好印

象；更害怕信件中提及的讚美是否會過於加油添醋，形成反效果。對於我的杞人憂天，他只是對我表示感謝。

這天，他從日本回來了。從前不確定自己要不要繼續念本科系的他，神采飛揚地已經轉入全英語授課的國際大學，在日本自動自發的收集資料，積極表現。除了學費全免，還申請到每月生活津貼高於臺灣大學畢業生平均薪資的全額獎學金。接下來的學年度，更將以公費生的資格到荷蘭作為期一年的交換學生。對於未來，年紀輕輕的他早已做好準備：先回臺服完兵役，再回日本闖蕩職場。一年半載後，世界對他而言，依舊寬闊，去哪都行。

他興高采烈的跟我分享日本的典雅、冬日的酷寒、律己文化下日本年輕人的發展，以及與世界各地的朋友對於這塊極東之島的看法，還有靠著中英日三語接筆譯案賺旅費的經歷。我請他跟學弟妹分享，他說除了本科系專業科目的學習外，人在他鄉，種種衝擊都等同於學習。他活潑生動的在我的課堂上跟學弟妹分享一路走來的故事，看著他就像看著幾年前的自己：當所有的經驗累積成眼界，就可以攀緣著語言的繩索，努力探索並認識這個世界。

聽著他的故事，我心深處升起得天下英才而教之的喜悅。

路，能走多遠？

"See the line where the sky meets the sea?

It calls me

And no one knows

How far it goes

If the wind in my sail on the sea stays behind me

One day I'll know

How far I'll go"

Moana的歌詞，恰如其分演繹了兩年半之間，他最真實的生命經驗。而我，教職三年，用一千多個勤勤懇懇的日子，換得一批帶著雀躍飛向世界的學生，這筆交易，是回甘的值得。

2-9 老師的禮物：傳承，有重量有溫度

某次接受培訓，被問到一個問題：一隻毛毛蟲要渡河，可用什麼方法？爬上船過河？央人帶過河？攀附在浮木上過河？有沒有不依靠外力渡河的方法？我舉手說了：「有，在原地待著，過了一段時間成為蝴蝶，飛過去就是了。」

十年師生緣

這天校外演講，巧遇大學時期的筆譯老師。二〇〇七到二〇一七，十年不見。老師盛讚當年大四的筆譯班學生的勤懇認真，還立刻調出當年某一份讓他印象深刻，文言文寫就的英譯中作業全文給我看。老師告訴我：「這是我教書第一年，學生的作品。在我教書十年的生涯中，也只有這一件能令我如此印象深刻，也是我每年必拿給學生看的佳作。」

事隔多年，我完全不記得自己曾經用文言文完成這項筆譯作業。不過對比原文內文，從WC／拙荊／愚兄賢妹等蛛絲馬跡，也召喚出跟同學笑到岔氣的回憶，再加上同班同組的大學同學認證，果真可以確信，老師好好保存著的範本，就是十年前我的作業。

包容和付出

我從沒想到自己一時興起偶一為之的文言文的英翻中筆譯作業，竟然能讓老師久久不忘，甚至變成學弟妹的範本。我當時所想，只不過是多寫一點，多嘗試一些自己能想到的作法。但沒想到這些一點一滴，竟然會銘刻在老師的印象中。

從小，我便是旁人眼中的乖寶寶，但私底下一直奉行拜倫的格言：我沒有別人好，但是我要與別人不同。表面上是乖學生乖孩子，實際上一直沒有停過挑戰師長父母的權威。在家被唸，一定會回嘴；在學校遇到沒有感覺的作業，每每大膽的問老師可不可以做別的。好在一路上遇到的，都是包容悅納我的長輩，從來不會把我視作找麻煩的頑劣份子處決，而是能夠看到在體制中奮力掙扎勉力向前的那個年輕赤誠愛好語文，也只能用語文對體制說嘴的暴烈靈魂。

大一國文作業主題跟家庭相關，我向老師表示：「初次離家，僅憑自己無法詳細描述高雄的大家庭，可否邀請母親共筆？」老師一口答應，我更再接再厲要求下一個介紹台北的作業，與文學史的脈絡相串聯。在新加坡交換學生的時候，寫不出英文的原創詩作，我跟詩人教授要求，用翻譯臺灣現代詩為英文做為替代。詩人教授說好，我於是開始中譯英的大冒險。

回到師大，覺得起承轉合架構式的死板作文寫法太沉悶，便與另一位同學聯手寫交換日記型式的劇本。作文老師笑咪咪地表示同意，我倆於是興興頭頭地用創意寫作的方式，通過一整學期的必修寫作課。到了英國做研究，依舊習性不改。指導老師要我看書整理理論寫論文式的報告，到最後，我所交上去的卻是表格，上面佈滿了手繪的圓圈圈，寫著只有我看得懂的註解⋯⋯。

傳承的溫度

這些那些，轉眼十年。當年異議份子的屁孩學生，也成為大學老師，站在教師的角度看當年，才覺察小時候的自己曾經多麼狂，一路走來遇到的師長，又是多麼胸懷寬廣。不過，收到老師禮物的剎那，想當年的漫不經心，被小心翼翼的收藏；當年的年少輕狂，被溫柔理解以後成為一屆又一屆的模範。老師的禮物，揭示著師道傳承的軌跡與鼓舞學生的溫度。

十年的時間，毛蟲尚未長成蝴蝶。不過有了傳承的一脈相連，似乎蛹的那一端，微光在望。展翅騰飛的那一天，或許不遠。

以下為我大四當年的翻譯作業，原本早已被我遺忘，但是，老師卻替我保存良好。

Dear Madam,

I take great pleasure in informing you that the W.C. is situated nine miles from the house in the center of a beautiful grove of pine trees surrounded by lovely grounds. It is capable of holding two hundred and twenty-nine people. It opens on Sundays and Thursdays only. As there are many people expected during the summer months, I would suggest you come early, although there is plenty of standing room as a rule. You will no doubt be glad to hear that a great number of people do bring their lunch and make a day out of it. I would especially recommend that your ladyship go on Thursdays when there is musical accompaniment. It may interest you to know that my daughter was married in the W.C. and it was there she met her husband. I can't remember the rites that proceeded on that day. Many people were there, and it was wonderful to see the expression on their faces. The new attraction is a bell, donated by a wealthy resident in the district. It rings every time a person enters. My wife is rather delicate so she can't attend regularly. I shall be delighted to reserve the best seat for you, if you wish, where you will be seen by all. For the children, there is a place so that they will not disturb the elders. Hoping to have been of some service to you, I remain.

Sincerely,

the Schoolmaster

賢妹惠鑑：

瑤函真跡收悉，甚幸。稚舍小屋者，踞五十里外之松林間，芳草如茵，景色秀麗，木曜日曜開放，能容二百餘人。炎夏遊人如織，立處雖足，座位有限，建請速至，以免向隅。來者或美景佐餐，或逍遙終日，逢木曜之絲竹，暢人間之快事。尤有甚者，小女良緣締結，于歸之禮，悉成於此，金樽旨酒，嘉賓同歡，不亦樂乎。適來金鐘新懸，人過必響。惜拙荊體虛罕至，無緣得見。如蒙駕臨，必上座伺候，令眾目矚嘆。未知尊意何如，靜候賜覆。茲略盡綿薄，祈有所助。

愚兄謹覆

2-10 女生也可以：選你所愛，愛你所選

時序從深秋邁入初冬，去年是我第一次擔任畢業班的導師兼榮譽學程的學術指導老師的學期。無獨有偶，自主預約來找我談的多是即將畢業的大四女學生，而且，都是誠懇上進認真到令人心疼的孩子。

教書或口譯

口譯課後，課堂表現最佳的學生遲遲不走，跟著我下樓，跟著我走回研究室，在我的研究室裡磨菇個半天後才遲遲開口：「老師，我家人希望我當中學英文老師，走條穩定的道路，我也希望能在三十歲前生小孩。可是，我也好喜歡口譯，希望繼續學口譯、做口譯，走一條多采多姿的道路。我不知道究竟應該聽家人的話去當老師，還是聽從自己的心，嘗試口譯這條路看看？」

這位學生認真上進，課堂上是老師最佳的得力助手，是同學仰賴的小老師，也有穩定交

往好幾年的男友，走入家庭一直是她最大的希望與夢想。她看著我，很懇切的說：「老師，你也是師範體系出身，你一定能懂我的感受。」

豈止是懂，虛長她幾歲，十年前，在我大四的時候，我拿一模一樣的問題問過當年我的導師。我看著眼前的女孩，就像看著當年的自己。後來我選擇出國，臺灣的一切全都拋棄。當年的自己心裡，只有很簡單的一條公式：學位和口譯必須努力爭取，家庭這種東西呢，從來就不用擔心。可是十年過後，我面對學生亮晶晶的眼睛，跟她說我的經歷，似乎不是正確的答案——出了國，唸了口譯，拿到學位，開啟這幾年來忙碌充實得非常，到處出差做口譯教口譯的日子。不過呢，離我二十歲開始人生中最大的希冀：有自己的家庭，成為母親，似乎越來越遙遠了。

我很誠懇的為她分析，教英文和做口譯之間，一定有其中一項讓她更著迷，更樂此不疲。找到這兩者之間的真愛，然後，做了決定就認真獻身，無論後來的發展為何，都不要後悔。女孩點點頭，看起來卻依舊困惑。

深造或結婚

幾個月後，期中考完畢，一名中國學生徘徊不去，怯怯地來找我。她用非常細小的音量跟我說：「老師，我想讀博士班。」我很開心地回應：「這是好事情呀，需要老師協助你申請嗎？」她囁嚅著說：「可是我的家人要我回去嫁人。他們說女生讀書沒有用。」

聽到這項說詞，我大吃一驚。那時已經是臺灣出現第一任女總統的第二年，竟然還有人認為高學歷對女性無用？我問她讀博士班和嫁人這兩件事，現在比較想做哪一件事情。她回答：「當然是讀博士班。」我說：「那有什麼好糾結，想讀博就讀博啊！」她又囁嚅：「可是我怕我現在不嫁，男朋友會跟我分手。」聽到這話，我忍得好大力才沒有噗哧笑出來。嫁了就不會離嗎？在一起了就不能夠說再見嗎？我很嚴肅地問她：「如果非這位男朋友不可，那麼為何現在不願意嫁？」她抬起頭，語氣中開始展露之前所沒有的自信：「老師，我覺得我的學習還不夠……我還有想要讀的書，很多想做還沒有做的事情。我嫁了他，就是一輩子的事情了，如果他真的愛我，為什麼連這幾年讓我好好讀博的機會都不願意給我？」

學生說著說著，就自己把答案給說出來了。我能給的建議，就只是請她好好跟男友溝通，不要因為誤會，而產生遺憾。所謂的導師，所謂的指導，其實不過就像是鏡子一樣的角色：

用我們的經歷，反應或對比出學生的抉擇，對照出未來相映的概括，讓她們年輕的生命似乎更有跡可循。可是當我反觀自己，比她們大幾歲的年紀，她們的掙扎，我都有過。她們的難為，我比誰都更清楚，因為也才剛剛走過。

所謂的高學歷女性

擔任導師並沒有幫助我成為一位更圓熟沉穩、擁有更多標準答案的人。在英國的時候，光是活著趕出報告，湊出成績，拿到學位，就是一切了。你是誰，嫁了沒，想生幾個，根本沒人管你，你也無心思理會。回到臺灣這幾年，被問得最多的就是有沒有對象？何時結婚？我知道這是華人社會裡最深切的關心，可是追根究柢，這種思維下對於高學歷單身適婚女子的所謂關心，是不是另外一種包裝著糖衣的輕視與威脅呢？

舉著關心的大旗，以正義之姿，輕易穿越所有顧忌，追索對方最無法掌控的答案，我有時候也會因此忿忿不平，不只為自己，也為這一群優秀的女孩兒們。如果今天性別對調，我沒有聽聞過哪一位男學生為了要不要跟女朋友結婚或出國留學這種事情，糾結到夜不成眠。如果今天我是男生，應該非常有機會被稱為黃金單身漢，境遇完全不可同日而語。

這是我的路，我要這樣走

大三升大四那一年暑假，我因緣際會跟一名大姊姊一起分享租屋。大姊姊有貌有才，是美國名校的博士，也是位拍過廣告上過電視的傾世美女。別人總以為她高不可攀，但我眼中的她，也不過就是一位很平常的姊姊：有空便買菜自己下廚，在房間裡點薰香看小說，有時還跟我搶客廳裡的鋼琴彈蕭邦即興幻想曲。在眾人追逐的背後，我知道大姊姊一直最想要的，不過就是一位把她當作平常人，一起分享生活的對象。大姊姊每天行程滿檔，總有不同會議和飯局要參加。她美美的出門，疲憊地回家，常常笑著對我嘆氣：「妹妹你呀，要把握現在，好好談戀愛好好玩，以後就不是這個樣子了。」

大學生的我聽不懂，直到現在快要來到當年大姊姊的年紀，我心有戚戚。或許自從決定選擇口譯的那一刻起，我便選擇了另外一條道路。但我不會後悔，因為這是我的路，我就是要這樣走！

Chapter 3

在中文與英文之間，有個場域——學習歷程

初旅

夢的起點，
始於襁褓之間。

3-1 行路難：用行路與腳步量測母女之情

曾經有一位好朋友說過，我最會的一件事情就是說故事。沒有錯，我是一位喜歡聽故事也喜歡說故事的人。不只寫日誌也寫與好朋友之間流傳的趣聞，連我的博士論文也是集合三十二位口譯員的故事，由口譯員的學習歷程與工作經驗所組合而成的作品。在工作上，我聽了許多發生在別人身上的故事；在教學上，我將這些故事分享給學生聽。這次我想講的，則是過去數十年來發生在自己身上，關於自己的故事。

緣起

對於行走，我至今猶在摸索。

是否媽媽已能從小見大，早在我的成長紀錄裏寫到：「別人是七坐八爬九長牙，我的安琪兒是六個月就學說話周歲才長牙，說了一口清楚的國語，卻遲遲不肯踏出自己的步伐。」但我更相信來自臍帶的緣起——有習慣性腳踝扭傷的媽媽，總不忘複述外婆的話：「平平路，也走到趴趴倒！」打出娘胎，我當也複製了母親的步伐，要我走得穩穩當當，真的難於上青天。但流傳母親血脈的我，同樣也有著對語文纖細的敏銳。

依偎

求學階段，人人誇稱我伶牙俐齒，一路是演說、朗讀選手，還連番擔任在校生、畢業生致詞人選。一張嘴可以辯駁、可以歌唱，一雙腿卻改不過來的顛顛晃晃。每每在比賽前，大修特修的都是儀態，要嘛太輕佻、要嘛又太遲重。走路，真難真難。

於是，養成不自覺賴著旁人行走的習慣。幼時和爸媽大手牽小手，左右都有靠山；大了，和身旁的同學湊個伴，女孩子間很親密說悄悄話的那種，倆人同行，理所當然相互偎依。

直到有一天，猛地發現身旁已經沒有了伴，就像八歲時在巷口學騎腳踏車，洋洋得意叫嚷回頭，才驚覺扶著後座的爸老早退到一邊，竟頓失所倚的狠狠跌下車。這一跌又驚又怖，看著縱橫的傷痕，忍不住埋怨爸爸的放手。大哭之後，心裡是雪亮的明白：那手遲早要放的，而我，總有一天還是要承受獨行滋味的。

獨行

在告別了母親的陪伴下，我成了大學生。高雄到臺北的距離，是火車行走五個小時的距離，是外婆對媽媽說「扶起來，頂著天」的距離，是我每個月扡拉著讓母親裝滿吃食用品的行李，往返北高，咬牙初嚐獨立滋味的距離。真正的寂寞，便是離開家鄉，獨自旅行的時刻。從來沒怕過孤獨，早在稚幼的年歲，已經習得如何不打擾大人，以擁有豐盈的個人世界為滿足。既然真實的情感不落言詮，空泛的交談又非我所喜，那麼孤獨未嘗不好，自己的世界是雨後水洗過的清潔，毋需憂慮什麼。

然而黃昏時候最是窘迫。當一整天積累的疲困侵加，肩著沉甸甸的背包、張著迷濛濛的睏眼，無論是行人或商家，我仍然沒法朗朗以對。低著頭，小氣的快速通過，踩的是沒有一點自信的歪歪倒倒碎步。遇著了熟人，就當是累，胡亂招呼過去。而分明我需要的，就是母親的溫聲軟語呵！踽踽覓得一盅粥或一碗麵，還是回到宿舍，對著電腦螢幕默默食畢。慣常吃飽了，打通電話回家，在小陽台上頭一撇，把寂寞都說成是獨立，很昂揚的形容五彩繽紛大學生活種種，不到極處不輕易吐真言。

母者

敏感如母親，縱使女兒的口再緊，又怎麼會收受不到血緣連心的纖巧起伏呢？媽媽在面貌氣質以外傳給我的，還有同樣羸弱的身體。午睡不可少的習慣是幼年即養成，否則偏低的血糖引發的猛爆性頭疼，每每讓我無法專心上下午的課。

還有每個月例行性的疼痛，也準時造訪。曾經有氣，忿忿恨恨莫名的氣。若是待宰的牛羊，業已成為供品端上桌輿；若是懷胎的婦人，也早已生下紅皺的嬰，究竟我的前世造就何種罪孽，要這樣輪番不止的接受腹內仿若挾帶山河大地遠古洪荒以來累砌的不平反動，如攢如擰的無止盡煎熬？當別的少女打扮齊整參加各式活動，我只能擁緊熱水袋，面對甜得發膩的黑糖水簌簌落淚。

卻也是在這種時候手機響起，遙遙傳來母親迫切的關心：「是不是又痛了？熱水袋敷上了沒？這次帶上去的黑糖有沒有用？」被疼痛折磨得幾無意識的我，或者還以聲氣微弱的哭喊，怨母親不能予我一個血氣通暢的體軀。有一回電話那頭，母親竟亦不住哭出聲，我一驚，劇痛中回神，這一條血路，媽媽走得遠比我更艱辛！我的疼痛，她懂；她經受自然產針劑催生無用，再進入手術房開刀生下我的那一段血淚斑駁的生產道路，我何嘗又能替她分擔些許？

原來，我的臍帶從來沒有斷過：汩汩生產的疼，滲進血脈，成為斬不斷千絲萬縷的交感相惜。這樣親、這樣細的溝通網路，傳遞這樣私密、這樣準確的訊息密碼，除了我與母親，此生此身，真是再無第二人選搭建得起了。

或者是對於嬌弱女兒的補償，媽媽只有加意替我購置好衣好鞋，盼我走出順暢的人生道路。曾經有一段時間，上百貨公司添購行頭，成為我每次返家的重頭戲。我不能不訝異，自小母親在穿著打扮上力行簡約，我和妹妹求學階段的制服，亦全是親朋好友的二手衣。寒門苦學的母親堅信：與其注重虛有的外表，不如培養實在的能力。於是，一路穿著別人奉獻的衣服，我和妹妹也各自在音樂藝術領域裡，找到自己的一片天。

但成為大學生以後，母親尤其刻意為我穿著打扮費心，尤其是鞋。每一次買鞋，媽媽堅持挑有口碑的名牌，舒適合腳是重點，比推銷小姐更殷勤的為我尋來各式各樣的鞋換穿：參加演出用的黑白皮鞋、體育課追趕跑跳蹦的高級球鞋、搭配裙裝的優雅涼鞋、適合各種裝扮的嬌俏休閒鞋，甚至連假日早上方便穿脫下樓買豆漿的懶人拖鞋都備齊了。在狹小窒仄的宿舍裡，我的鞋櫃滿載母親暖暖的愛，用各式各樣的鞋，讓我平順跨越人生路途裡難解的障礙。

傳承

記得外婆也最愛這麼說母親：「這雙跌跌撞撞的腳，還是我們家走過最多山水的。」母親從貧農家庭力爭上游，師專以德智育雙料冠軍畢業，旋即成為拉拔家庭經濟的主力，又不畏虛弱的身體，一路進修成為家中唯一的博士生，外婆那份驕傲，實在蘊含太多成功的希冀。

自小母親便要我深信，哪裡跌倒，哪裡站起，一次站起，一次堅毅，盡收眼底的必然是不同的美麗。於是，我逐漸相信在某處必定有一個解答，解答外婆對於窮困潦倒的愁緒、解答母親對於出人頭地的定義，更解答了我對於行路特難的恐懼。儘管一路難行，我們不斷的在疼痛與不安中前進，但是在重重疊疊的生命路途中，我相信所有的線索均將指向同一個方向。

在苗族神話裡，女媧族代代單傳女兒，這種唯一，是宿命，也是相續無限生命的不變足跡。外婆的故事由母親傳承；母親的故事也將由我來繼承；我的夢，將來一定也會有個圓臉亮眼的女兒替我繼續。這條路徑以親情鐫刻、以血脈標記，縱然世界再大、人間再冷，我的步履還是晃晃顛顛，我早曉得了毋須擔心一路難行。我不敢奢望學李太白一步上青天，但我會好好珍惜我一路走來的步伐，如同珍重這一段母女情緣。

3-2 好，這樣好：無常與外公與我

有些課題，因為學不會，所以恆常盼企；因為等不及，所以格外珍惜。如果曾經一同行過，兩股生命輪疊複深深，然而當無常來臨，在臨行之際腳步輕輕，卻教凡夫俗子如何機關算盡也不能同命運抗衡——天地盡頭，究竟有個怎樣的世界？在往生之際，病苦之人懸惦反覆的又是如何的意念？

請聽我說一個故事：關於等待，錯過與寬宥。有無盡的悔悼之花，開在往後漫漫的人生路上，燃起朵朵旋生旋死刺目的血紅，這慟、這不甘，依舊要親身受過，好生成火中荊棘焚而不毀的頑強，再將淚眼中成長的印記靜靜還酹天地。（請聽我說……）

錯過

十九歲那一年的冬天，台北的冷一樣來得很慢。在一字頭的最後一個月，我和自己正玩著一種挑戰極限的遊戲。在課業與生活外，分分秒秒閒殆不得，以桌上大大的「是非毀譽不動心」為惕勵。身為大學生的第三個學期，已過去近一半，撐過身體不適與科目繁雜的內外相煎期中考，緊接著是一年一度的校慶。校運會甫開幕，即暗陰陰，欲雨未雨。合唱團因領唱國歌得享司令台側邊觀禮的絕佳視景，在一片歡快的喧嚷聲中，我卻突地感到一襲孟冬的寒意。抬眼望天，只有無邊無際的黑。繞場畢，才正是精采啦啦隊出場的時機，大雷雨沒聲沒息，直直落下來了。大隊人馬移往體育館觀賞啦啦隊表演，沒來由的沉重，趨得我只想趕緊回寢室，換下制服關上門戶，似乎如此才能阻隔莫名的沉鬱。

然後媽媽打電話來，強作鎮定的語氣只讓我更為心驚：「阿公今晨中風，現在加護病房搶救。」我急問是否搭機回去，媽沉吟，叮嚀我儘快完成作業便是。風聲雨聲伴著鍵盤速速的起落，我在紊亂的心緒下剖析阿基里斯的英勇，並揣想伊利亞德的處境。終日惶惶。

隔天適逢期末演唱籌備會議，或許是陰沉的天色激出我本性之惡，或許是與希臘神話人物搏鬥耗去我最後一絲判斷力，當媽媽在我會議進行中來電遲疑探詢我是否能回家一趟，我像冬雨一樣沉滯而理智的拒絕，用的是自以為是的原因：作為合唱團團長，期末演唱會是本學期最重要的活動，我沒有理由缺席；並且再過三天就是全國語文競賽南下屏東參賽的時間，作為作文選手，我一定趕得及回家去。媽媽心疼我剛考完試的煩惡焦躁，輕輕將阻隔萬里的加油傳遞給病床上的阿公。

三天平靜。阿公很聽話的依靠呼吸器維持生命，我每每抓緊了話筒抽著氣聽媽媽形容阿公插管的不適。然而我心目中的阿公，始終是打不倒的巨人，我堅信沒什麼痛苦他撐不下去。聽媽媽說完，我即刻又投身稿紙與參考書籍，一筆一劃建構出文字的肌理與生命——在我心底早有了更遠大的計畫，深深沉沉無人知悉。睡前不忘誠心唸一段金剛經：一切有為法，如夢幻泡影，如露亦如電，應作如是觀——都回向給我遠在屏東同死神搏鬥的阿公。

終於是南下的那一天。神色如常，滿心都是比完賽去探望阿公的我，對於屏東少見的陰森天象毫不在意，用餐時再一次轟然大雨，竟也沒能提醒我什麼。夜宿簡陋的國軍英雄館，泛潮霉膩的被褥裡，我沒法沉沉睡去，耳邊窸窸窣窣彷彿有誰不停竊竊絮語，床板不時震動，我亦自解為鄰近馬路的關係。睡睡醒醒間，終於熬到雞啼。

晨早才醒，打開手機映入眼簾的是不祥的簡短訊息。循徑接通語音信箱，媽那種我從未耳聞的可怖啜泣，登時攪得我五臟欲碎；話筒中還傳來親人的哭號悲嘶，世間聲音至慘莫過於此。而畢竟是將成年的人了，我緊緊收束自己：不許哭。吃早餐。收拾行李。走路。上交通車。車子真正動起來的時候，才發現曾幾何時，水霧早糊了眼睛。行過一旁的小公園，幾個長者傾身打太極拳（灰布衫的和阿公好雷同的身形），一下子淚水一顆顆落下來了。它們爭先恐後要出來，我只怔怔的憑它們去。到達選手休息區時，距進入比賽場地的時間只有十來分鐘，我以冰涼的自來水沁了沁兩頰。從四樓望去，雨中的操場朦朧美麗，那麼西方極樂世界是否也有雨？帶隊老師領我到座位上，臨走時不忘交代：「欸，拜託，好好寫，寫完就沒事了。」我麻木點頭。

題本發下來的時候，我沒能遵守媽媽教的先默唸佛號。猛一下翻開題目，卻什麼也看不清，剎時意識到剛剛是多麼費盡力氣在阻撓滿溢的情緒，這一下除了前後左右振筆疾書的選手們，再沒有人會注意到我了。「淚水決堤」之類字眼，我這才相信。從前被母親罰也不是這種哭法的，先只有淚，後來鼻涕一絲絲加入，最後連肩背都無從控制地抖動起來。

題本翻開良久，題目的幾個大字，卻任憑我怎樣用力都看不清，百般掙扎下，我選擇將僅騰的力氣用來搜出背包裡的面紙，更費力的輕手輕腳擤鼻涕、拭眼淚，好不容易辨認清楚題目：說一句俗語。我反射動作般有模有樣在空白處打起大綱——不同於以往的快捷迅速，腦中淨是荒蕪，連最簡單的字句都沒有，奇妙的是握筆的手居然能夠動起來，在糢糊的視角間寫下一些什麼；我狠狠拭淨眼淚，看清斑斑淚痕下居然是幾不可辨的：阿、公、對、不、起。

悼悔

阿公往生後十一小時，我回到東港，他已是泛金密宗經文被裹身下的冷涼體軀。

天哪！阿公，我如何可以再跟您說話，說至死方休的話？

我回來啦，我早回到東港啦，回到這個拊我育我的陽光之地，懷抱一片憧憬：如果我擅寫的手可以如母親一般再次振奮您微弱的呼吸，如果我光明的笑我飛揚的青春我日日夜夜在遠地儲備的才華可以在今日迸發，予您無盡的欣喜，那麼我願意。究竟是怎樣的試探，讓您忍心闔上眼睛？究竟是何等痛楚交集，讓您失去再撐下去的勇氣？是否靈場譎徨的意象驚擾了您？是否天地間那種稱做「非人」的靈體在醫師不查的時刻強行押走了您？不行，再怎樣我不肯相信，這樣堅韌的生命多少次遭受風風雨雨打擊依舊屹立，六十年的煙癮嗆不過您，失去記憶的帕金森症打不倒您，急診室裡您幾番來來去去，我們無論如何都相信您的勇敢，您的堅持，您那種縱使拚它不過亦要奮力一搏的頑抗，那是一股足以和天地對望的生命。

我是無可依恃的了。在滿二十歲的前十天，最後一位可以任我撒嬌仰賴的外祖父棄世而去，此後一頁頁的人生風景，我少了一個支撐，窒礙難行的前程，更必須咬牙奮進。父母供給我的不過就是肉身一具，少去祖父母的殷殷，猶如經冬再不聞梅花消息，教遠行的遊子何以賴倚故土的芳馨？如何探尋前人的足跡？是白色小馬般的年紀，滿樹花開的年紀，行走坐臥都禁不住要微笑的雙十年紀，這樣的等不及，實在教我擔當不起，並且萬劫不復、永難彌補的錯誤——阿公，就算我此生飛揚得意，在有限的能力中創造無限的價值，像您一輩子恪守堅持並由母親阿姨們傳下的認份實在，我是再也不能畫出一個完滿的圓了；必得以更深沉的悼悔彌補那穿越蟲洞亦無緣企及的三天。李商隱說的，天若有情天亦老，月若無恨月長圓；我從前不懂，現在總該懂了：是不是每一次成長，都必須褪盡舊日的皮，狠狠結一層痂，然後從那痛、那悔、那不平中去萃取一滴滴生命的印記？

誓言

好罷，沒關係，生死契闊的距離足以彌補國語台語的不足，靈堂上一柱香煙裊裊，我的不捨不平不依不肯信，您會了然一笑，還是輕輕說那一句：「好，這樣好！」在帕金森症侵襲下，這是您最後的日子裏唯一的話語。是不是只有千千萬萬的鑽心疼，還有真實的寬厚平和，才讓一個渾身病痛的八十四歲老人，總是說重複的一句：「好，這樣好！」我身著素色毛衣的懺悔背影，想必您還是心疼的看在眼裡，說不定托夢要媽媽千萬體恤沒能拿名次的那篇作品，說：「孩子小啊，有吃飽睡好最重要，叫她身體要顧，阿公在天上會給她最好的保庇。」云云。我那些早在台北擬好的字字句句，再也不需媽媽中文進台語的翻譯，和著眼淚和鼻涕唸觀世音普門品，這些，阿公您都會懂得的。

老屋前那方空地，外婆生前栽植的壯碩龍眼及纖秀木瓜的那一區，綠蔭掩映下是阿公您的秘密基地。我始終相信，老來一直英俊挺拔威儀非常的阿公，總是在那一方尺寸地上做著年輕時未完的夢境。阿嬤過世後，沒有人同您拌嘴，鄰里的街坊又是以無可算計的殘酷顯現無常的乍臨；阿公獨自待在綠蔭下的時間越來越長，在鎮日徬徨中悄然老去。您依然叼著終年不離手的長壽菸，對於過去對於未來是那樣淡定，無語。當一個人要能在逐步失去一輩子孜孜矻矻建立起的王國時，仍不帶一絲怒氣安詳寧謐，每每在見著滿載孫兒的座車駛近，依舊笑出一口假牙，是否這就是莫那魯道形容的：「在忍辱中還天地無謂的笑容，將燦爛回應天地。」

幼年某個夏天，阿公要我隨他去剝豆。才過正午，日頭烈烈，沙地上鋪了張塑膠布，上面滿滿是曬乾的紅豆莢，金澄金澄的豆莢海中，雜有迸裂的赤紅種子，對五歲小孩來說，像極大統百貨公司我最愛的球池。我簡直樂極，踢脫了鞋就和身揉進去，一片嗤嗤剎剎。玩過頭了，也無須阿公說明，自就剝起豆莢劈哩啪啦響，那是屬於黃口小兒的快意豪情。一邊阿公拿起釘耙，梳齊落散帆布袋外的豆，當時無思無想，現在終究知曉那樣一幅畫面不需標記不需攝影，好比胡蘭成在今生今世中說他母親如何無限靜好的安立日常，用的是這樣一句：「有道之世，真是可以垂裳而治的。」很久以後，驀然回首，才驚覺那許多醇美的片刻，竟是由無數細細碎碎的小動作拼湊而成的，那是屬於我和阿公的轉瞬即永恆。

面對這樣艱難生命的課題，我要感激。這世界予我太多，我從來就只需要以漆黑眼瞳張望，看周邊親人無私無悔的付出奉獻；那些完完全全的疼愛寶惜，我簡直要驚懼自問，到底是何種因緣能夠讓我這樣得天獨厚？我從來不是一個出色的囝仔，勃鬱的才情我沒有，煥發的神采我沒有，嬌俏的臉面我沒有，怎麼樣會這樣得人疼的，只要我長得好、學得快，一生一世順順當當過下去？

好，這樣好。阿公，我曉得的。淚水洗過的眼更清澈有神，品嚐過失去的痛才更顯擁有的甜。您儘管好好兒的一路向豐盈行去吧，我會在凡塵俗世裡永保真摯清明，或許拿一支筆，留一段您我相伴的回憶。

3-3 獅城初旅：語言與專業之外，自我的探詢

新加坡又名獅城，是一個位於馬來西亞半島南端、面積跟台北市一樣大的小島。緯度一度的它，終年陽光普照，除了午後大雷雨會稍稍降低蒸騰的氣溫，所以終年見不到穿長袖的人，除了街上裹著亮麗長衫的印度仕女。日不落國殖民的光輝還未褪去，美帝國影響的勢力已經大行其道，而在華人傳統儒家文化、馬來人虔敬阿拉信仰和印度人華麗而貧窮的氛圍交互作用下，這個小小的城國，充分發揮地利，在經濟貿易上獨步全球，並以花園城市的傳奇和多元文化的誘因，吸引來自世界各地的目光，讓擁有龐大資源的許多大國都要刮目相看。

它的成功沒有刻意，一如我與它的相遇。在甄選交換學生時，其實並不知道新加坡管理大學的存在，只想著到真正的英語系國家應用所學，並以此驗證先前當過交換學生的學姊所分享的箴言：「經歷過那一段，你會知道你是誰、你要什麼。」然而套一句爸爸的話，這是業、也是緣，業讓我從一個不經世事的嬌嬌女成為第一個從師大到新加坡管理大學（Singapore Management University，以下簡稱 SMU）的交換學生，在沒有學長姐可以請教的情況下獨自摸索碰撞，卻也是這樣的緣，讓我體認何謂真正的成長與學習，在逆境與考驗下傾聽自己的聲

音，與感謝外來一切的給予——這樣的碰撞，激發出殊異而珍貴的火花，將是我永遠的資材。

人在他鄉

只憑著一紙交換學生的正式認可文件，爸爸跟我在八月天裡帶著三個大行李箱飛到新加坡。第一印象就是怎麼可以有這樣一個讓人炫目到睜不開眼的國家！除了熱還是熱，從機場到下榻飯店，一路上都是競豔的花朵，濃密的樹影反射陽光，讓我暈眩。遏止欲嘔的衝動，打飯店分機請問筆記型電腦連接無線網路的方法，結果接電話的服務生那一口又快又怪的英文，我是完全無法理解（後來知道那是印度腔），沮喪至極的把話筒交給超過十年沒碰英文的爸爸時，真是洩氣到極點。

在新加坡最初幾天，我在極度的眩暈與躁熱下，常常有活受罪的想法。最不能接受的，其實還不是天氣，而是新加坡英語。那是以英文的語彙套用在廣東話的句法中，再加上馬來方言與印度式斷句的奇怪語言，配上中文口語沒有高低起伏的持平音調——請回想「小孩不笨」電影裡的對白，應該就能夠稍稍體會。

第一個週末，我到維多利亞音樂廳欣賞合唱演出。夜間十一點散場，卻遲遲找不到回家方向的公車。在單行道與巨大的購物中心、辦公大樓之間徘徊穿梭，好不容易碰到路人，卻是滿口「啊啦嘿」的新加坡英語，眼看最後一班公車的時間就要過去，在臺灣的家人更頻頻來電探問，那時候面對向來最喜歡的英文，豈止是無奈，只差沒有搥胸頓足！

新加坡人的守法守規，也讓我躬身見證。我的身材不高，又天生一張娃娃臉，縱使身處嬌小的馬來人、印尼人或新加坡人中，還是顯小。因此無論到哪裡，別人可以輕輕鬆鬆的通行，我卻得護照不離手，隨時要拿出來「驗明正身」。申請電話號碼與網路、開銀行戶頭，甚至是租影帶的時候，每每因為「年齡不足」遭拒，謹慎實在的新加坡人，確實是一絲不苟的。

除了守規矩，新加坡人也是出名的講求效率，甚至反映在診所的醫師身上。我因為交換學生時間是兩個學期，超過觀光護照允許的半年期限，因此需要額外做身體健康檢查。醫師是笑咪咪的年輕華人女性，半中半英的談笑之間，拿起針筒便抽血，我一愣，急忙告訴她我的手臂血管纖細不好抽，沒料到她下個動作便是同樣笑容滿面的拿起我的另一隻手扎下去！這樣俐落，真教我好生難忘，哭笑不得。

英語系學生進入商管大觀園

新加坡管理大學學生多由商管主修組成，學校內的許多制度都因此和商業息息相關。在那裡，選課是用競標制度，學生們必須善用自己每一學期分配到的選課貨幣，想辦法以最少的貨幣去標到自己想要的課程。一般新加坡學生每一學期有八十元的電子錢（e-dollars），可以用來標最多五門、最少兩門課程，然而交換學生卻享有一學期五百電子錢的福利。也就是說，每一門課我們都至少可以投一百元下標，因此幾乎沒有選不到課的問題。我純粹抱著體驗 SMU 菁華的心態來選課，選了 SMU 最獲好評的五門課。雖然五門課已經達到 SMU 選課的上限，但是一門課每週只有三個小時的上課時間，所以總上課時數不過十五個小時，比起動輒滿堂的師大生活，真是不可同日而語。

然而，縱使上課節數不多，如果時間表排得好，甚至還可以週休四日，卻一點也不輕鬆。如果說臺灣的大學教育著重在學得多，也就是上課時老師會傾全力教導學生，那麼這裏教與學的方向，絕對是逆向而行：學生為主體，注重你會了多少。所以上課時數雖少，課前預習與小組討論的壓力，絕對不能小覷。SMU 在一開始辦學，就仿效自發自主的美式教育，而非像其他新加坡兩所大學（NUS 新加坡國立大學、NTU 南洋理工學院）一樣採用殖民時期留下來的英國式講授教育法 -lecture style，所以研討會形式 -seminar style 的上課方法是 SMU 師生最引以自豪的地方。上課的時候，我也真正感受到新加坡學生的積極與主動。在課堂上不開口發言，等於放棄學習。

我「不知死活」選了商業學院三年級必修——Ethics & Social Responsibilities。這課程名稱硬、內容硬，不過有哈佛大學法學博士的教授背書授課，再加上第一堂課旁聽的時候那種法律人的機敏與商人的靈巧同時深得我心的誘惑下，我把自己非本科系沒有基礎等等的不利因素一概雄心萬丈的排除了，仗著大不了不要這個學分也要嚐嚐 SMU 菁華的心態開始上課。上課模式大抵是教授講述企業個案，或以個案來解釋法律名詞或經濟學理論。每一週並有由全班同學投票贊成或否定企業個案的模擬，小組組員再分成正反雙方，針對投票結果作辯論。剛開始，我是鴨子聽雷，整節課只能無辜的看著教授和同學，看他們一來一往針鋒相對的精彩，我只能從爆發的笑聲來一窺堂奧，畢竟我連最基本的理論甚至個案公司的情況都不了解，怎麼可能參與辯論呢？一直到期中考了，還沒完全弄懂大家到底在幹什麼，每一次三個小時的課上下來，只覺虛脫，艱澀難懂的法律課本又是沒辦法自己苦讀就可以趕上的。

直到近期末，自己的小組也參與討論那一週，跟同組組員一步步研究討論，最重要的是他們鉅細靡遺的說明，好像給了我一張法律迷宮裡行走的地圖，終於讓迷路多時的我，看見了天光與雲影——這種從無到有、化暗為明的學習歷程，對於在臺灣升學尚稱順利的我而言，絕對是稀有的初體驗；但也是這樣特異的習得過程，打開我學習的眼界，了解在書面文字的背後，還可以有怎麼樣龐然的思考辯證空間。

另一門 SMU 最受好評同時知名度相當高的課，是三年級學生必修的 Finishing Touch：

Career Skills。第一節課，身為生涯諮商公司顧問的兼職教授開宗明義把規矩都講清楚，早晨八點的課就是準時八點開始，八點一過不再受理簽到，一切比照真正上班族的制度。修課服裝是正式衣著，男生穿西裝打領帶、女生著套裝窄裙，化妝也不可少。接下來，教授發給全班每人一顆馬鈴薯和一根塑膠吸管，要大家徒手將吸管穿過馬鈴薯。全班譁然，柔軟的吸管穿過生馬鈴薯，這跟職業訓練有任何關聯嗎？教授只是笑，輕鬆命令大家去做就是了。過了一會，每個人手上果真都有一串吸管穿的馬鈴薯——不怕困難、戮力解決，是 Finishing Touch 課程所學的第一章。

接下來的幾週，作業分別是探索自我、撰寫履歷、社交禮節、正式服裝、面試技巧的教授與練習。期中考是上網或上報尋找一份跟自己未來職業相符的工作，試著寫履歷表投遞，並且通過教授的面試。期末考呢？全班一起到新加坡國立大學校友俱樂部的高級西餐廳，運用整學期所學，大至如何跟同事交流、如何讓主管印象深刻、如何行銷自己，小至遞名片的方式、敬酒的儀態甚至切雞腿丁的優雅角度，都列入成績考核。

以英語主修生交換到新加坡管理大學，最多人問我的問題就是：有沒有文學課可以上？有，當然有，而且讚到沒話說。Robert Yeo 是新加坡當代頗負盛名的詩人，畢業於英國約克大學英語研究所。他在 SMU 首度開 Creative Writing 課，我剛好恭逢其盛。第一次以英文翻譯了解世界各地的詩，是因為這門課。第一次去夜店，是因為這門課。第一次拜訪軍人公墓，是因為這門課。第一次訪問新加坡詩人，也是因為這門課。老師有點年紀，不過心靈是頑童。他教詩卻不只是詩，而是打開大家欣賞詩的眼光。他常常要我們挑戰極限，老是提供我們不同的寫詩的切入角度。學院派扎實訓練出身的他，卻是真正遠離窠臼嘗試創新，把文學結合生活的老師。每每為了讓學生貼近真實，他老是帶著我們到處尋找靈感。到 Marina 海灣取時移境遷的慨嘆、到 Kranji 一戰軍人公墓感受戰爭的無情，甚至連絡新加坡最大的夜店 Zouk，讓全班同學帶著自己創作的詩作在詩歌朗誦之夜發表。這樣子的文學課，夠靈活也夠深入，我第一次體會到原來文學也可以這樣上的。

初旅的意義

一年的交換學生歲月，說長不長，說短呢，卻已經足夠產生一股能量，彷彿把我丟到世界的任何一個角落，我都能生活下去，這是交換學生經驗中讓我最滿意的一項成長。究竟人要到幾歲才能把自己看清呢？看清自己的能耐、看清自己的份量，並由此看見自己可能的未來——我不敢說一趟交換學生讓自己改頭換面了多少，但是我所能確定的是，我在「認識自己」的道路上又邁進了一大步。雖然和往後在英國的六年相比，在新加坡交換一年的體驗根本不算什麼，但我還是感謝有了這一年的眼界，讓我在英國時更有韌性去面對挑戰。

耕耘

雙聲同步，
口譯之路。

3-4 聲音的魔術師：口譯課，魔幻寫實

每一個教口譯的老師都是聲音的魔術師，每一個學口譯的孩子都是星空下趕路的牧羊人。前方道途遙且長，行路漫漫，可能的未來還在遠方。

在英國學口譯的第一個學期，每天步出教室，迎接我的就是滿天星空，一片深藍之中點綴著幾顆光芒，既浪漫，也令人感到一絲惆悵。

學習大不易

系主任在第一堂逐步筆記課，就語重心長地說：「親愛的孩子們，這個禮拜可能是你們這一年當中最艱難的一個禮拜。學習記筆記就像學習另一種完全不同的語言；甚至還需要自創一套適合自己的符號系統，而這件事比學習任何一種語言都難。」

前四週的課程，主要著重於記憶訓練。上課就是上台演講與同學口譯，或者不記筆記，全靠記憶力替演講的同學做逐步口譯。演講內容從一、兩分鐘的個人小故事，到十分鐘的新聞時事批評，慢慢由淺入深。當許多同學都在叫苦連天的時候，我卻感到游刃有餘。上台講

話對我來說，從來不是難事，完全靠記憶做逐步口譯，也是能力所及。但當課程進入筆記訓練後，壓力和無力感便排山倒海地向我襲來。我像是腳受了傷，拄著拐杖卻完全不會使用拐杖的人，一跛一顛：記了筆記就聽不全演講內容；聽了演講內容，筆記便一片空白。只能暗地對自己發脾氣，卻始終不知道問題到底出在哪裡。

第一個學期課程重在技巧的介紹與練習，因此正課負擔很大，課餘的練習時間也不少。以其中一天的作息為例：早上七點起床做早餐和準備中餐。八點至九點為通勤時間。九點到十一點，兩個小時的口譯英語訓練。十一點到下午兩點，三個小時的口譯技巧課。兩點到三點是整天下來唯一一段休息時間，迅速吃掉保溫便當盒裡的午餐並休息一下後，再次趕往下個教室。三點到六點，另一門三小時的口譯技巧課，學了無數個符號代碼。六點至七點，一樣是通勤時間。七點做晚餐吃晚餐，八點洗澡。八點半開始做中翻英筆譯作業，十點做另一篇中翻英作業。十二點半，或快凌晨一點才睡覺。隔天仍是七點起床，又是忙碌的一天。

課業壓力加上環境的不適應，造成我不時全身上下都是病，發燒腹瀉樣樣來，但作業還是要寫，課程進度還是要跟。縱使有親友不時傳來訊息加油打氣，我也只能匆匆看過，繼續咬牙前進。

有一天晚上，不知是身體太累還是精神恍惚，失手翻倒水壺，相機手機一下子頓時都變成泡水機。我想也不想，便死命地拿起吹風機搶救，一耗下去，又是半夜，而隔天早上九點，又是必修的翻譯理論課。當時沒想太多，只是渾渾噩噩地撐了過去，事後好友吃驚地問我：「遇到這麼多事情攪在一起，你怎麼都不會哭？」我笑著想，或許當時我已沒有多餘的氣力哭泣，但大哭一場，真的會比較舒服嗎？

聲音的魔術師

縱使時間緊湊生活不易，我的口譯訓練過程當中最大的亮點，就是精銳盡出的口譯教師群。我的老師們來自世界各地，都是聯合國或歐盟的現役口譯員。其中一位是平時住在荷蘭阿姆斯特丹，會說德法英三語的英國利物浦人。他頭髮白得閃閃發亮，極有神采，蘋果綠襯衫配深藍色長滿大眼睛的領帶，黑色牛仔褲上皮帶緊緊繫著，亮亮的灰色眼睛閃個不停。雖然他右腳在雪地上滑倒不慎受傷，拄著拐杖，但這完全無損他的丰采，年輕時一定是一個迷人非常的英國帥哥。

然而以上這些，全都比不上他滴溜溜的英文，不僅是純正BBC腔，還有廣博的知識、適度的幽默感、誇大的肢體語言，把教室演繹成一座金馬車，誰都可以自由織夢。當我進行自我介紹，說我是因為喜愛講話又喜歡中文英文，才因此愛上口譯。他馬上開玩笑地建議我可以去嗡嗡聲作響的工廠工作，並發出工廠四周的嗡嗡嗡配音，模仿工頭指揮的神情。這樣的聲音秀，不只讓大家都笑翻，學習胃口也因此大開。他說以前住倫敦都沒有綠樹，所以他現在都不敢到里茲大學旁樹木蓊鬱的海德公園去，因為害怕公園裡綠綠的樹木裡面會有什麼動物突然冒出來。聽著他模仿叢林裡的動物叫聲和猿猴的呼呼聲，大家又再度笑到不可遏抑。

除了正規口譯員外，還有另一位英國老師曾當過廣播喜劇配音員，他光用聲音，無論內容幽默還是嚴肅，都可以讓一班人笑到前俯後仰。系主任是嚴厲出名的俄語口譯員，但是她嚴肅鏡片後面的眼睛，常常都閃著溫柔與真正地關懷。只要一開口，所有人都會聚精會神的聽。最年輕的口譯老師則是幹練的正妹口譯員，也是講話很快的機關槍女王。她話語裡面的活力與熱情，還有無時無刻掩不住的笑意，誰聽她講話，誰就會愛上她。中文組的彭老師看起來溫溫和和的，圓圓的臉上似乎不起什麼漣漪。但是她用標準的中文也可以隨時表現英式幽默，宣佈下堂課地點，是這麼說的：「三點十分，對面房間！啊，聽起來好曖昧……。」

我的天呀，我愛死了每一個口譯老師。他們每一個人都是聲音的魔術師，一開口便吐出鴿子與玫瑰花，翩翩飛飛在我眼前、耳邊閃動不停。不知道什麼時候，我才可以像他們一樣，做一個聲音的魔術師？

學習路上，有善巧的魔術師引領，好似飛越在智慧的蒼穹，採擷美麗的驚嘆！

3-5 五百個百萬那麼多：數字口譯大魔王

口譯期中考試，陣仗龐然：左右分坐中英講者，會議桌另一端坐著打分數的幾位老師，再加上半個小時的考試時間都有攝影機在前面完整紀錄口譯表現，最恐怖的是，心裡不斷有個聲音不停吱喳說著：要考過！要考過！不然不能修同步口譯！

在這種情形之下，穿著X-ING全套套裝、高跟鞋、還化了妝的我，就發生了從學口譯以來最驚心動魄的一次錯誤。

五百個百萬那麼多

首先發言的英文講者簡介歐盟現況之後，換我口譯成中文給中文講者聽。我看著我的筆記，很清楚的寫著歐盟人口為「500 M」。腦子裡也很清楚的迴盪著英文講者講的：「five hundred million people。」但是！在那一秒鐘，甚至接下來的第二秒、第三秒、到第五秒……我瞪著自己寫下來的500 M，腦子裡跑過無數次：五億？五十億？零點五億？

中文講者也是兼任老師，很清楚我平時上課的狀況，她這個時候張大了本來就很大的美麗眼睛，頻頻給我微笑。我知道那代表鼓勵，無窮的鼓勵。可是她的鼓勵笑容只讓我更呆、更茫然。最後，終於在停頓長到我無法忍受的那一刻脫口說出：「歐盟會員國的總人口數高達五百個百萬那麼多！」如果這是綜藝節目的錄影現場，旁邊應該會飛出一支槌子敲我的頭並且發出「咿嗚」聲，或者是我屁股下的椅子放射出電流，讓我雖然穿著套裝還是會驚嚇到跳起來吧！

想當然爾，嚇呆了的我，接下來紕漏不斷。很神奇的是，我感覺到自己貌似進入狀況的聽中文翻英文、聽英文翻中文，並且極其專業自然的做筆記甚至跟講者有眼神接觸，在幽默的地方還會笑。實際上，我的腦子亂成一團，根本不知道自己聽了什麼，又說了什麼。

數字大魔王，何時得以解脫？

半個小時過去了，我很尷尬的站起來。老師送我出門，換下一位考試的同學進來，我這才發現自己兩隻腳都軟了，心裡的沮喪難過排山倒海湧上來，連帕金森樓短短的三樓階梯都走不下去，就倚在樓梯口的窗戶上打電話給媽媽。

我：媽媽，我考完了。

媽：怎麼樣？考得怎麼樣？

我：很爛很爛。

媽：是怎樣爛？

我：（想哭）我的數字、數字都出不來，停很久，一直錯……（吸鼻子）

媽：（比我更緊張）什麼什麼？你沒有寫下來嗎？

我：有啊，我寫下來啦。

媽：寫下來了，為什麼還會錯？

我：我就不知道啊，我就是說不出來啊。

媽：都已經寫下來了，怎麼還會錯呢？

我：……（有一種小時候被問到這一題數學為什麼會算錯的感覺。錯了就是錯了，我怎麼知道為什麼會錯嘛！）

媽：沒關係啦，沒關係啦，考完就沒事啦。

我：……（一點都沒有被安慰到）

媽：下次小心一點就好了啊！你自己覺得很爛，老師們也不一定這樣想啊。

我：……（以為媽媽會安慰我，仍然充滿了委曲）

媽：好啦好啦，你吃飯了沒有？

我：還沒。（眼淚快掉下來）

媽：快去吃，吃好一點，就這樣啊，掰掰。

我：掰掰（落寞的掛掉電話）。

這時候才下午三點多。掛掉電話之後，我就失魂落魄的往市中心方向走。只吃了早餐的肚子也不覺得餓，穿著高跟鞋的腳也不覺得痛，背著重重的書包和水也不覺得累。就這樣走到市中心，漫無目的的一家店走過另一家店。

數學一直是文組的我的痛，沒想到學習口譯的路上，簡單的數字轉換，還是成為這條路上艱鉅的障礙。面對很可能是人生中第一次的被當，我的心無比沉重。如果在家鄉，難受的時候，電話一撥，立馬可以得到安慰，可是學習口譯路上，心中的數字魔，得要多少萬億的輪迴才得解脫？

3-6

聯合國實習：口譯，不等於光鮮亮麗

人的一生，究竟該學的、該會的事項有幾多？

碩士班生涯接近尾聲時，接受學校安排，進入維也納聯合國辦公室實習的那幾天，困擾我的，總是一些旁人看來無關緊要的瑣碎心緒。例如說早上無精打采；眼影畫不好，要不就一高一低，要不就參差不齊；在人群中無法即時回應他人，顯得心不在焉、似疏似離；還有在口譯箱裡聽得懂，卻遲遲無法說出流利堂皇的官腔英文。

如果都得學會這些，我知道射手座的自己必會很累。就像某位雙魚座的老師曾經說的，Life is something to be enjoyed。她開心迎接生命中一切的驚喜與橫逆，生命亦以最完整而豐富多彩的形式要她領受。如果我早點察覺到這一點，現在的我可能就在別的地方，過著不一樣的生活。但當時的我，只顧邊摸索邊向前走，希望當自己更加成熟，更有能力時，再去重新面對。

聯合國口譯

我在聯合國實習的所屬小組，是早上十點會議開場後第一個練習的組別。我累到近九點才醒，匆匆戴隱形眼鏡、穿套裝、化妝，在最後一秒鐘，衝進口譯包廂。

早上的議程是核核察（nuclear verification）與締結保障協定（conclusion of safeguard statement）。光是看議程，就不懂內容為何，更遑論做口譯。然而，這就是聯合國口譯員的實際工作內容，除了要面對陌生領域的專有名詞與知識，還得將聯合國各理事會的慣用語朗朗上口，一聽見英文，就要能自動反應吐出中文，甚至還要直接調整成簡稱或縮寫才稱得上專業。

不僅如此，由於聯合國許多高層級會議（high-profile meeting）均屬機密，口譯員往往得在會議開始進行前幾分鐘，才能拿到厚厚一大疊會議資料。這種情況下，不僅沒有時間細讀，更不用提事前準備。往往一面聽該國代表發言，一面就著口譯箱裡的暗黃燈光「捕捉」密密麻麻會議文件上「可能有用」的字串，立即網羅編織進腦袋再彙整後出口。一心多用、手忙腳亂、疲於奔命，才是真正的聯合國口譯員工作寫照，什麼光鮮亮麗、前途坦蕩、有助於人類福祉等等的，不過就是未諳世事小女孩的天真想像罷了。

於是，在殺光腦細胞又摧折自信心的氛圍下，我一邊努力消化吸收英文包廂裡的英文，生吞活剝地譯成自認為還可以的中文，一邊在紙堆中費盡千辛萬苦根據編號找尋講者提到的文件，一邊還必須分出心神看搭檔遞過來的數字提示紙條，與老師提示關鍵字的唇語。那「口忙眼亂」的程度猶如開車新手，要同時關照後視鏡、左右鏡、又得配合旁車決定該踩油門或剎車般步步驚心。

終於撐到最後一輪，接力為伊拉克的代表做口譯。由於伊拉克立場明確清晰，直接指出國際社會不該過度干預伊拉克的核能發展政策，而應提供技術援助與經驗交流，才能真正幫助伊拉克融入其他成員國，以達聯合國千禧發展目標（Millennium Goals）。直到這一段，我才稍微感覺能跟得上節奏，彰顯「口譯專業」。口譯完這一場，我深刻意識到，即使「頑劣」如伊拉克，仍然必須學習使用文明的方式表達立場，才得以在國際會議上發聲——很有趣，原來世界就是這樣運作的，政治就是這樣「玩」的。透由口譯，我乃能與國際政治殿堂接軌。

休息再繼續

中午和大家到聯合國餐廳吃了三小時的中飯，順便做足休息，以準備下午的會議。聯合國餐廳為了滿足世界各地不同國家代表的需要，準備了各國的指標料理。無論是西式沙拉、牛排、薯條，還是中式炒飯、炒麵、日式壽司、韓式拌飯，應有盡有。我點了三塊炸鯛魚、一大盤馬來西亞風味的椰漿炒飯，加起來才四歐元多，實在不貴。光憑這一點，在聯合國工作還是挺幸福的。

接下來幾天，我總是嘗試找出會議廳裡正在發言的那位代表，從背後觀察他的動作，推想他說話的表情、模擬他的情緒和語氣。要是那位代表說的不是英文，我也要側過頭去尋找三號英文包廂裡口譯員的臉，看著他的側影，才能完整的做譯入中文的口譯。這幾天下來，我發現自己真心喜愛這樣一份工作。真真實實的紅塵俗事在眼前上演，強凌弱甚至群起圍攻的戲碼，天天都在變，精采程度可比小學生「老師不在的時候」。然而也就是這樣的工作，讓我得以隱身幕後，用最舒服的角度觀看揣摩，而非血淋淋的讓鬥爭在自己身上搬演，還有足夠理由賣弄老天爺賜給我的小小天賦——小時候用來朗讀演講，現在終於如我所願搭起中英文橋樑的聲音。儘管很難呀，專有名詞搞得我一個頭兩個大呀，愛就是愛，騙不了人的。

我什麼都不害怕，只要有目標、有夢想。但此時此刻，時時感到脆弱的我，甚至對自己的目標與夢想恐懼起來。是否真的能夠僅憑自己的意志，去追逐「構築國際溝通橋樑」的遠大夢想？期待又怕受傷害，這究竟是成長的必須抑或是庸人自擾的無聊想像而已？

或許，我要學的還有很多，更重要的是，我要學會看見自己。

3-7 研究生活：眼一閉，牙一咬，青春像骰子般向前擲去

口譯所畢業之後，度量自己的能力，無論是英文專業或口譯經歷都不足以讓我進入競爭激烈的中英口譯市場。於是，毅然決然再投入額外數年的青春，開始攻讀口譯教育博士學位。除了以學生身份換取繼續留在英國全英語環境的機會，更希望透過口譯研究，能夠找到有效學習口譯的方式，在將來以自己跌跌撞撞的學習歷程，幫助學生。

然而博士路不比碩士班，有一群同儕相伴。當年入學的時候，整個大學只有我一位進行口譯相關研究的博士生。我也因此被歸於教育學院的一份子，與來自世界各地做教育研究的博士生同學們同處一室，長達四年。對於研究生的生活，我在日記裡是這麼紀錄的：「眼一閉、牙一咬，青春像骰子般向黑暗中擲去。」這段苦中作樂卻相互扶持的時光，如今回味起來，滋味醇厚。

教育學院博士生日常

我的研究室位置面窗，旁邊是一位印巴裔學長。這位學長近三年以來，若在研究室，有

百分之八十的時間都在用電腦看足球，不然就看寶萊塢電影，邊吃著酥脆的中東堅果類零嘴邊岔氣大笑。剛就讀博士班的時候，我常常被他獨特的氣音笑聲嚇到，轉頭去看他是不是病了或者正在壓抑咳嗽，後來便習以為常。

另外一位離我兩個座位的印巴學長則和我一樣，處於論文難產、火燒屁股的階段。不同於前一位印巴學長，這位學長刻苦賣力地寫，拿鉛筆在紙上大力的地劃，皺著眉頭思考，靈感枯竭時便消失一陣，回來後又很嚴肅地開始打字。最後一位印巴學長，不，是學弟，則坐在靠近門邊的位置。這位學弟今年已經四十好幾，據說在阿曼是位大地主，動不動就回國。今年暑假，索性把兩位太太、七八位兒女都接到英國來，省得他老是奔波。

除了這三位印巴人以外，研究室裡面還有一位西藏媽媽和另一位越南姊姊。她們是我就讀博士班期間最熟的「同學」，幾年來給了我不少的照顧。在論文交稿前最後幾個月，更成為我的營養補給來源。她們的指導教授相同，做的研究相近，常常各自煮了好吃的食物，輪流帶來共同午餐。她們看到我忙起來常常吃草（生菜沙拉），不然就是對著自己做的便當，相看兩厭，乾脆在她們共同的午餐時間，多準備一份給我。所以我在資源貧脊的研究室裡，居然可以享用道地的越南河粉、辣炒雞肉麵、沙拉粉絲，還有一些我根本不知道什麼名稱的越南和中式食物。

博士研究基本上就是在嶄新的領域上盡情摸索。順利的時候是探究學問，不順利的時候常常有虛擲光陰之苦。不過多虧有這些同學，枯淡的研究歲月才有歡聲笑語的點綴。

大教授老爺爺

我的主要指導教授是教育學院的老師，身材高大，說話客氣有禮，一頭銀色白髮，很像黑暗之心電影裡的李察吉爾。其實他也不老，大概只比爸爸大幾歲。可是打從第一次見他，我就把滿頭華髮氣質絕佳的他稱做老爺爺。

我跟老爺爺的交集，固定每個月一次，每次一到兩個小時的時間。開會的地點一逕是第二指導老師的辦公室，因為老爺爺覺得他自己的教育學院辦公室實在亂得可怕。資格考前某一次 meeting，我太害怕已經修改了無數次的研究計畫又不能通過，雖然到了老師辦公室門口，遲遲不敢敲門，站在門口唸了無數次的阿彌陀佛。

老爺爺這時候突然到了，我喃喃自語的窘樣，給他撞個正著，很懊惱的轉頭給他一個一定非常勉強的微笑。出乎意料之外，老爺爺也沒有馬上敲門準備開會，而是把我拉到一邊，喜孜孜的說：「欸，妳要不要看彩虹？」我一愣，把頭湊到老爺爺的黑莓機上看他早上拍到的彩虹，突然明白老爺爺是要用聲東擊西之計，轉移我的焦慮和緊張。

因為我要研究的學習理論博大精深，早在一年級，老爺爺即開了無敵豐富的書單給我：老爺爺專精的英語教學和語言學習領域是基本；各家各派的學習理論得有粗淺的了解；口譯專業和口譯員培訓的底子也得打好；再加上社會學門各式各樣的研究方法；還有探討專業教育的書籍等等，造就了我借書的地點，除了文學院常備書庫的兩大圖書館以外，還延伸到醫學院的圖書館。這樣通才的訓練方式，導致我從來沒有體會過傳說中的博一蜜月期，印象中反像是跟趕著寫論文要畢業的學長，比拚誰留研究室比較久的時間還多一些。

老爺爺開書單的方式並不是真的給我一張印好的書單，按圖索驥找書來看就可以。他最常用的方式，就是在言談間提到一個概念或想法，然後說：「某某人（吐出一個姓）曾經寫過關於某某概念的書，妳去找來看。」老爺爺記得的時候，會好心的幫我拼出作者的姓；老爺爺忘記的時候呢，那麼我可能光是找出那個作者，就得花上好長的時間，不然就不停跑老爺爺辦公室纏著他問。老爺爺會從一堆文件山中抬起頭來，走向亂糟糟的書櫃，翻啊翻的找出一本書，讓我抄作者的名字。如果那本書老爺爺剛好不用，就會很大方的借我。

可是老爺爺畢竟是正教授，又幫聯合國啊歐盟啊接了好多好多的研究計畫案，哪是我這種毛頭小子想找就找得到的呢？前兩年，我還不清楚老爺爺是真的忙，每次老爺爺不回我的信了，或跑了幾天辦公室都找不到人的時候，我就變換著花招吸引老爺爺的注意。我買過傳統市場時鮮的草莓，放在老爺爺的門口；我採過學校菜園裡剛出土的有機綜合沙拉葉子，掛在老爺爺的門把上。從臺灣回來的時候，我準備過月餅啊太陽餅啊鳳梨酥啊塞在老爺爺的信箱裡，包得漂漂亮亮的。離開英國參加研討會或進行口譯工作的時候，我給老爺爺寄過寫滿了甜蜜蜜字句的明信片。我廚藝不精，可是每一次我用大同電鍋做好了茶葉蛋，一定準備幾顆裝袋送給老爺爺。因為第一次請老爺爺吃茶葉蛋的時候，他老人家珍之重之的還寫了信來道謝，說這些茶葉蛋不僅好吃還非常好看（These eggs are not only delicious but also very beautiful）！

少了翅膀的鳥，不知道怎麼飛

不過，隨著博士班生涯的推進，大教授老爺爺的批評越來越赤裸裸，和我剛剛開始就讀博士班時，心知肚明寫得很爛卻大發慈悲的摸頭，真是不可同日而語。

下面記幾句大教授的批評原文，並附上我的翻譯。

1. Pointless metaphor. What does it contribute to think of metaphor as a journey by sea? Nothing! Otherwise this looks good.

完全無用的比喻。你要怎麼把學習跟航行大海聯想到一起？不可能啊！如果不是這樣的話，這倒是非常美麗的比喻。

2. What would the average person know about it? This is a platitude.

外行人會知道些什麼？這一段都是陳腔濫調。

3. This contradicts your earlier statement.

你自相矛盾，自打嘴巴。

4. This sentence is needlessly complex.

這個句子除了結構複雜，百無一用。

欣賞了這麼多犀利的批評，大教授老爺爺追根究柢還是有畫龍點睛的能力，把我表達不完整的意思，以一句評語精確地點出來，比如這一段：

"What you seem to be saying is that there is a high degree of consensus about what is required in interpreter training, but not much understanding of what is involved in interpreting learning. In other words the nuts and bolts of interpreter training are accepted, but here is no rationale. Is this true?"

「你這整篇想要表達的意思，似乎是大家都同意口譯教育的重要性，不過對口譯教育的內容沒有確切了解。換句話說，口譯教育的基本教學元素已經廣為人知，不過具體的教與學卻欠缺著墨。這就是你想要表達的意思吧？」

這一段真是深得我心，微言大義，四兩撥千金。老爺爺就是老爺爺，很容易讓我明白要怎麼用一整段完整的理路闡述研究動機。而善於用字遣詞，也正是我書寫論文外，必須有的先行學習。

自我不設限

不過正本清源，我的博士論文之所以寫得這麼不堪，是因為有一種顛倒世界的錯亂感。母親曾誇過我很會寫作文，換成論文書寫應該不是太大的難題。但當我用寫作文的方式洋洋灑灑的交代前情提要時，大教授卻說那是陳腔濫調，應該修改；我用最得意的美麗譬喻分類重點時，大教授說那是浮華的裝飾，可以省略。可是沒有了堂皇的文采和漂亮的比喻，我就像少了翅膀的鳥，不知道怎麼飛，只能站在原地，匍匐前進。

涇渭分明如老爺爺，在我焦慮的時候給我看彩虹，不過該批評時還是火力全開，用他美麗的貴族英文溫和的點評，卻每每把我轟得外焦裡嫩。老爺爺最喜歡問我的一句話就是：妳覺得呢？剛開始，我有點莫名其妙，正因為我不知道怎麼辦才問的呀。可是後來，我發現自己常常在回答老爺爺的問題的時候，不知不覺就把解決辦法說出來了。

他引導，我跟隨；他說我可以，我惶惶惑惑的相信，於是我們一步一步的走到了這裡。

3-8

論文寶寶：學位終點，是新的起點

當臺灣因為太陽花學運有過好幾個不眠的夜，同時，在地球另外一邊，我同樣疼痛著疲憊著，將論文帶到這個世界。

親愛的論文寶寶：

在你出生以前，我連續兩天一夜沒有闔眼。最後抱著熱騰騰的你——將近三百頁的身體，很沉很沉。我知道，我們的未來都將會有所不同了。

剛剛有你的時候，我還很年輕，孑然一身，窮到只剩下夢想，堅信只要把你生養下來，夢想會連同你一起茁壯。於是帶著尚未成形的你，上天下地的飛，去玩，去約會，在歐洲大城小鎮裡奔波做會。你並非一個溫順乖巧的胎兒，相反的，你刁蠻頑劣，占有慾沖天。尤其當你逐漸長大，需索的不僅是我的時間，我的精神，甚至是我的思想我這個人。當我全副心思放在你身上的時候，你逼迫我超時工作，沒日沒夜的伏案描畫你的身形，雕塑你的體軀。

每一回高強度的付出之後，我常常都得小病一場，臥床幾天，但依舊身心不得閒——與其說你是胎兒，不如說你是鬼魅，專斷無邊的使我焦慮、暴烈、絕望、疲憊到幾無生氣。孕育你的四年來，我從一個笑靨如花的少女，長成粗碩庸俗的婦人，除了你，除了超市的特價品和一日三頓柴米油鹽，我的生命裡再無其他滋味。

身處異地，再多的不適也沒有訴說的可能；人家一句「都是你自己選擇的」，便足以讓我閉嘴。我們所在的這個國家，天氣很冷，人情很淡，食物很簡單。縱使我常常掛念著你的生長，逼自己按時吃飯，但更多的時候，你知道我走進商店逛了一圈，看著冷的沙拉、乾的三明治、冰的義大利麵，寧願踱回家沖泡麵和著沙拉葉子吃，至少保證了冷天裡的熱食來源。親愛的寶寶，如果你的身體因為我過於寒傖的飲食和作息而羸弱，請你原諒我——這是我的第一次，我已經努力做到最好。

無論你記得不記得，孕育你的這幾年，我同樣跟最鄙俗粗劣的自己抗爭。身的疲憊，心的壓抑、靈的枯槁，以及未來的荒涼，讓我好幾次都以為走到了盡頭。你一定還記得，我曾經在某一年的聖誕夜裡，因為知悉了某個消息，在空無一人的一四石頭人大樓裡奔走嚎啕。你看過我好幾次陷入泥淖，遊魂一樣的走在入夜的空城巷道間，嘴裡喃喃唱著小時候就會背的歌。你也目睹了很多次激烈爭吵衝撞以後，我無處可逃的回到研究室，邊掉淚邊讀書。這種時候，怨懟氣恨你的情緒，說沒有是騙人的。可是親愛的寶寶，我心裡一直都知道，我是業障，你是修行；我是狂暴的大海，你是獨行的船隻；我是一籌莫展的牧羊人，你是遠方的草地；我是遠行的僧人，你是天邊的經，等著我去取——我存在，因為我要抵達你，完成你，實踐你，然後，好更認識我自己。

親愛的寶寶，誕生快樂。謝謝你完成了我的一個夢。接下來，換我陪著你長大，看命運之輪會將我們帶到哪裡。去到哪裡都沒有關係，畢竟我們身上流著一樣的血液傳承著一樣的基因，給點陽光就生長，給點掌聲就飛翔。

無論未來在哪裡，親愛的，我會和你一起。

無悔

3-9 雪地上的星星：身在異地，身不由己

於梨華小說《雪地上的星星》裡面有一句話：「街燈撒下光來，在雪地上撒了無數無數的星粒，比星星還小，比星星還亮，比星星還多的星粒，像無數個燦爛的希望。」小說集裡充滿留美學生的生活寫照。高中時代的我，看著裡面一片陰冷冰寒，當時只知道留學生的生活，就是把全副希望寄託在學成的那一刻。他們的日常，可能只能旋身於狹窄的生活圈裡；可能會在鋪天蓋地的雪地裡漫步而行；可能會面對無可扼抑的悲愴，而不知道天地之大你可以投入哪裡、哪一個人會願意伸出援手或者傾聽。而根本不知道，自己有一天也要親身感受異鄉生活冷暖的箇中滋味。

最初到英國就讀碩士時，被安排到一間充滿印度和巴基斯坦人的學生宿舍。我連忙安慰自己，印度人樂天，印度人好客，印度人最愛群聚的和諧生活。更何況自己在新加坡當交換學生時，曾有一位相處愉快的印度室友，這次也一定不成問題，同居生活並不值得擔憂。

遭遇霸凌

我的室友的確和我想的一樣，既樂天又好客，總是邀請十幾位印巴人來宿舍裡煮飯、吃飯，伴隨音樂聲、談話聲、尖叫式笑聲，從下午三、四點到深夜十一、二點。這種快樂時光可以每週上演七天，每天至少八小時，連續不間斷。更慘的是，我所住的房間正位於客廳旁邊，客廳內上演的各種戲碼，我都聽得見。

在這種環境下，我難以維持正常的生活作息，更不用說與繁重的課業搏鬥。我曾數度溝通，但文化差異讓我覺得難以得到最基本的尊重。在長達半年的交涉無效後，我終於鼓起勇氣向舍監反應，但校方的處理方式很簡單，簡單到我覺得他們把這件事情當成「他國事務」。

校方十分草率地寄了一封噪音警告信給所有住在這個單位的五個學生，包括我。當天我做完三個小時的模擬會議同步口譯回到家，發現一進門的公佈欄上貼著三張噪音警告信：第一張畫著三個大問號；第二張上面畫了一隻老鼠，後面以極端扭曲的字體寫著「找出來」；第三張則畫了一顆骷顱頭和一個大叉叉。從此，印巴室友臉上的笑容消失了，和善的印巴式英語招呼變成背後聽不懂的母語閒話。雖然我沒有受到任何肢體傷害，但處於一個敵視的環境下，實在令人難以呼吸。我在事後才得知，該區宿舍是印巴人的勢力範圍，若有哪幾間房間空出來，都是因為受不了搬了出去。

有理有據，捍衛權益

當天晚上，我用顫抖的手拿著數位相機將佈告欄上的三張畫著恐怖圖案的噪音警告信照了相，按捺著沒有吃晚飯翻騰抗議的腹腔，敲出一大篇投訴信，語氣誠摯委婉，但是明顯透露著需要幫忙，連同作證的相片一起寄給學生宿舍總舍監。直到午夜將信寄出去後，裝作沒事照樣走進裝滿印度人的廚房，無視十數雙劍一樣的眼光，將中午裝三明治的盒子洗乾淨。

讓學校知道我面對印度人的底限，如果學校還是沒辦法幫我，真的就只剩搬走一途了。

亞洲人面孔的總舍監，隔天便約談了我，氣急敗壞說印巴人行徑太過囂張，告訴我隔天就會召集我的印巴室友訓話一頓……我以為問題就此解決。不料，隔天回家打開信箱，赫然發現總舍監跟我的室友們商議結果，居然要我搬走！要我跟隔壁宿舍的兩位印度女生其中一位交換房間。如此一來，整個單位都是印巴人，他們更方便一起吃飯一起吵鬧了。

爭一口氣

我第一次知道世態炎涼是怎麼樣的滋味。憑什麼？今天我沒有吵鬧，沒有妨礙別人，沒有違反宿舍公約，為什麼要我搬走？我搬走就稱了印巴人的心意，也讓舍監好辦事得多。或許當下順應環境搬出去會是最簡單的選項，可是我守法守規，卻因為勢單力薄必須搬走；他們干擾鄰居破壞秩序，只是因為人多勢眾就仗勢欺人。我可以選擇搬走，但年輕的我堅持著微弱的是非正義，不願意認輸，不接受這種卑躬屈膝、明明沒有違規卻喪權辱國的條件。這一次，我全身顫抖得比前一晚還要厲害，再度寄了封信給總舍監，並主動約時間找她。

這次，我一反平時溫和的態度，堅定地跟總舍監說：「今天不是我想惹事，只是我在自己的宿舍裡，吃煮不方便，讀書睡覺也受影響，問題來源不在我身上，你卻要犧牲我的權益，實在很沒有道理。再說，隔壁宿舍也大有問題。上禮拜那裡的兩位印度女生才接到髒亂警告信，其中一位印度女生半夜三更還會很大聲的使用通訊軟體把其他室友都吵醒，息事寧人是能解決什麼問題？」總舍監不耐煩的看著我，說她只能幫到這裡，不然要怎麼辦？

我一個字一個字很緩慢但是很清楚的說：「我們自己單位的事情，應該自己解決。沒道理要隔壁單位兩個印度女生跟我換房間。要換房間，也要跟自己單位裡的印度人或巴基斯坦人換。」（說明一下，該宿舍的格局是一二號房間位於客廳廚房旁邊，三四五號房間位於大門所在的另一邊。要是我能從一號房間搬到三號或五號房間，就不會受到噪音干擾了。）

當天晚上，我先找了三號房女生說明，她很不願意，直推說晚上大家回來再談。又找了二號房女生說明，可能換房的不是她，她顯得輕鬆很多。之後，在廚房碰到我最害怕的五號房男生，直看著他的眼睛，把我跟舍監下午討論的結果說了一遍，語氣和緩但是堅定。總歸就是：從此禁止在他們平時聚集的客廳吃飯吵鬧，並將距離客廳最遠，不會被干擾到的房間讓給我。

討論結果，他們願意讓出距離客廳最遠，不會被干擾到的房間給我，我也切換回平時溫和的語氣感謝他們的理解和配合。就這樣，心驚膽跳的被霸凌一段時間後，終於解決了困擾我長達半年的問題，換到有雙人床、兩倍大的衣物間、兩扇大窗戶的大房間，成了該區少數與印巴人同住而沒有搬走的亞洲人，同時仍享受著該棟特有的窗外美景。

我想著雪地上的星星，想著自己堅持的那一些道理，想著這個世界上仍然有公理正義存在，就能夠在遍布荊棘的泥濘中，靠著一點點的希望，走下去！

3-10

那年冬天：畢業了，然後呢？

碩士畢業那年的冬天，是我生命中至今最黑暗的一段時間。前途看似一片光明，走不下去也許還有退路可選，但夾在其中，卻像是空中走鋼索，每一步都像就要踩空。

山窮水盡

那時剛拿到碩士學位，九月回臺灣，悶頭寫了一個月的博士研究計畫，十月回到英國開始申請博士。等待申請結果的時間裡，天天漫無目的的自己練口譯，每天花至少兩個小時的時間，到處投遞口譯履歷。看著同一時期畢業的同學，已經風風火火地踏入職場，還在用爸媽給的碩班生活費的我，心裡只有急。博士申請並不順利，口譯之路也遙遙無期，我看著隔年一月底就要到期的學生簽證，只有一籌莫展的份。

那段時間，跟五個女孩住到了鬼屋裡。隔房牆壁不時傳來激烈的指甲抓撓聲，當我準備發聲抗議時，才發現整棟屋子裡只有我一個人。除此之外，地下室亦會三不五時傳來敲門聲和廚房不時出現嗚咽聲，待在家裡，總覺得陰鬱。我曾想過換房子，但當時水電全包靠近大學的這棟房子，是經濟拮据的我們唯一的選擇。

當下的我，已經幾乎沒有任何可以動用的資金。口譯工作給的支票總要經過好幾個月後，才會轉換為現金，匯入銀行的戶頭。除了錢，簽證也是個問題，沒有人願意給幾個月後學生簽證即將到期的我工作。惡性循環之下，最慘的時候，戶頭僅剩下幾十英鎊。

家裡不是沒錢，但我不敢讓父母知道，我怕他們對於寶貝女兒的處境感到心疼，更害怕因此被要求返鄉，斷送了博士夢。我想起那些口譯工作時所遇上的難民，這是我第一次如此接近他們的處境，體驗到山窮水盡的況味。但我不想放棄，或許我只是個追夢的小女孩，但我想要證明自己可以走得更遠，可以脫離父母的呵護闖出自己的一片天。

這段窘困的生活，結束的十分突然，起因也只是因為父親一時興起，想來參加我的碩士班畢業典禮。爸爸要我先代訂火車票，我直接傻在那，告訴父親我沒有錢。直到掛斷電話後，我才意識到我已經將捉襟見肘的窘況透漏給父母。

變調的倫敦行

迎接父親的是英國數十年難見的寒冬，整天外頭都是黑的，不是雨就是雪。我在畢業典禮前帶父親去了趟倫敦，長程巴士中途放人上廁所，我帶父親下車去上廁所，回來時正好目睹我們的巴士揚長而去，那是我第一次坐 National Express 碰上這樣的遭遇，我們所有的行李錢包證件，甚至大衣都在車上。我跟父親找到巴士站員工說明原委，對方也好心地安排我們坐下一班車往倫敦。於是在飄雪的天氣裡，只著單衣的我們，在前不著村、後不著店的小站裡等著下一班車。最終晚了三個小時抵達倫敦，幸好行李無恙。

隔天早上，我帶父親去白金漢宮看禁衛軍交接，我們都興致高昂。父親不斷說著這一天是我的生日，要找一間好餐廳請我吃飯。在禁衛軍交接結束後，我突然發現父親的背包大大開著，一檢查，發現父親所有的護照證件現金，全數不翼而飛。我立刻向白金漢宮的警衛詢問最近的警局，但那天湊巧是週日，警察連筆錄都不能做，要父親隔天再來。但隔天是我預定好申請比利時簽證的日子，無法陪伴人生地不熟的父親。我要求調閱白金漢宮的監視器，警察回應他的單位無法提供這項服務。我致電臺灣駐英辦事處，又逢週日沒上班，只有一連串的語音查詢號碼，回應內心焦急的我。

那天下午，面對垂頭喪氣的父親，老天下起了滂沱大雨，父親心一急，想把唯一的傘打開，卻割破了手，流出的鮮血便隨著傾下的雨水，一起灑在冰冷的倫敦街頭。我們誰也沒有心情提起大餐的事情，默默地回到民宿，將附贈的晚餐囫圇吞下肚。我實在沒有胃口，前日引起的感冒此時又加重，勉勉強強扒了幾口沒有味道的麵以後就上樓，把自己關在唯一的浴廁裡咬著牙，忍著不發出任何聲響。那是最最低落的一個生日，我剛剛滿二十五歲。

後來，父親從駐英辦事處拿到臨時通行證，我們回到里茲參加畢業典禮。我的畢業成績是 merit，父親拿著數位單眼相機前前後後的替我拍照，笑得很開心。他的笑容帶給我許多安慰，至少這趟旅途中，有值得他驕傲和高興的事。

曲折的返鄉路

畢業典禮後，是父親回臺灣的日子。那幾天連日大雪。出發當日，我特定再三檢查時刻表，確認該班機會正常起降後，才帶父親去機場。沒想到一到機場，人滿為患，並得知飛往阿姆斯特丹的飛機因大雪停機，我們在荷航櫃檯前站了兩個小時，才終於換到兩天後，曼徹斯特機場飛的候補機票。

兩天後，我再次先上網確認飛機是否正常起降後，才帶父親坐火車到曼徹斯特機場。想到另一位學長坐的是同一天早一班的飛機，我不斷跟他連絡確保他有機可坐，才帶父親出發。

沒想到，一模一樣的狀況再度發生。當我們抵達機場，迎接我們的消息卻是阿姆斯特丹風雪增強，所有飛機停飛。我一聽，簡直要昏倒，明明學長的飛機剛剛起飛，才差一個小時，父親的飛機又不能飛了！

當場受影響的旅客，多半選擇先飛到巴黎，再經由巴黎轉其他航線。我也帶著父親去Jet2的櫃檯，希望可以讓父親從曼城飛到巴黎，再從巴黎飛到香港，香港飛到高雄的家。在漫長的排隊等待後，我以為父親終於可以買票。航空站人員要求父親出示護照，沒有護照的父親只能出示臨時通行證，這才發現駐英辦事處發的臨時通行證上，標註父親的通行路徑是里茲—阿姆斯特丹—香港—高雄。這種情況下，沒有護照的父親，不可能經由其他路徑回家。縱使 Jet2 有到巴黎的機票，也不能違反規定賣給我們。

望著阿姆斯特丹的大雪特報，我不知父親何年何月才能返鄉。父親的通行證，也是因為護照被偷，逼不得已才使用的下策。我和父親推著兩個大箱子，再次回到荷航的等待補票隊伍裡，整個機場都擠滿了因為大雪受困於機場的旅客。我告訴自己一定要冷靜，於是打開手機，開始打起一通又一通的電話。無奈的是，無論我打給誰，說的是中文或是英文，對於父親臨時通行證的事情，沒有任何人能夠幫得上忙。繞了一大圈，最後又打回駐英辦事處。

接電話的人員聽我說完了原委，當時我已經帶著哭腔開始吸鼻子。他問：「是誰發下這個不近人情的通行證？」我看了看父親的文件，回答×××。他說：「這個人渾蛋，怎麼這麼不知變通？妹妹你不要難過，你把爸爸的通行證寄回來，我一收到就當天幫你趕出來寄給你。」我道了謝，詢問對方大名，他靜靜地說：「我就是×××。」

我回到補票隊伍裡，連日的不順遂，已經讓我的感冒加重，除了咳不停外，痰裡更帶著血絲。等待那幾個小時中，除了荷航櫃檯發送的一小瓶水和乾冷三明治外，都沒有進食。頭暈目眩的時候，我就坐在地上，把頭靠在父親的行李箱上，不停地告訴自己不要睡著，不要哭出來，不管如何都要拿到讓父親回家的機票。父親也在感冒，一臉憔悴，他什麼話也沒有說，但我知道他心裡實在也不好過。

又排了三個小時，才輪到我和父親。荷航給我們三天後一樣從曼徹斯特飛阿姆斯特丹的機票，我們如獲皇恩般地接受，想著比解決通行證的時間還要短，卻沒有想到三天後正是聖誕節，所有公共交通完全停擺，連計程車也無法招到。那年平安夜，我動用了所有關係，打了幾十通電話給有車或者有可能提供協助的人，同學的朋友，朋友教會認識的英國人，只是希望有人可以開車送我和父親去曼徹斯特搭飛機，再載我回里茲。可是有誰會為一位陌生人犧牲最重要的聖誕節呢？最後，我在華人學生聯誼會網站上找到了一位有車的中國人，從里茲到曼城來回共約兩小時的車行時間，這人出價一百五十鎊。雖然價格昂貴，但願意幫忙也只能感謝。

幾經折騰，我終於把父親從英國的嚴冬裡送回溫暖的臺灣。

3-11 峰迴路轉：絕境之中，柳暗花明

對我來說，那年冬天的噩運並沒有因此結束。新年過後沒幾天，我和兩位當屆畢業生一起飛布魯塞爾，投考某國際機構的中英自由口譯員職缺。那是我們畢業後第一次的口譯闖關。我深知自己經驗淺薄，又沒有萬中選一的才能或資質，初出茅廬的小子，本來就不應有所期待。可是在山窮水盡的時刻，那次的闖關，無疑是一條讓我留下來的救命繩索。

闖關失利

在闖關的當天早上，我收到了一封電子郵件，是我當時正在進行申請的博士班指導老師寄來的信。他說我的研究方向還可以更改，可惜他當年人不在英國，無法指導我，要我隔年再聯繫。信件內容簡單、語氣優雅，但博士班申請被拒絕的打擊，卻重重砸在我頭上，而我此時卻什麼反應都不能有。時為布魯塞爾清晨六點，距離我的闖關時間只剩兩個小時。我能做的，就只是給自己十分鐘收拾好情緒，化好妝，穿上一層又一層的衣服，在天色都還墨黑的大雪中，搭車到闖關地點。

當年的我還沒有太多歷練，那一封電子郵件來的時機和強度，就好比大二那年參加全國語文競賽作文比賽的早晨，進入賽場前收到媽媽的語音留言，得知外公凌晨走了一樣。我貌似進入狀況地聽著西裝畢挺的講者說話，貌似沉著穩定地作筆記作口譯，可是實際上，我的腦子就像遭雷劈過一樣，完全無法集中精神，連簡單的單字都想不起來。

想當然爾，闖關失敗。考官們很溫和地告訴我經驗不夠，待積累了多一點的經驗後，歡迎再度回來。我提著包包在布魯塞爾的街上走著，眼淚嘩嘩地流，我不知道下一次的機會是多久以後，眼下我連簽證都沒有。雪這麼深，風這麼大，我的未來會在哪裡呢？黑大衣因雪飄落覆蓋成了白大衣，我卻不覺得冷。就這樣板著臉，行屍走肉般將自己拖回飯店，搭機回到英國。

火坑掙扎

回到里茲以後，厄運還沒有結束，迎接我的是三天內必須要搬家的通知。原來跟我同住鬼屋的女孩們，大多已經回國，新一批的室友們在我的簽證即將到期，無處可住時收留了我。我以為他們是我的恩人，若順利申請上博士班的話，我想用接下來的時間，好好報答他們。

誰知道，這群室友並沒有留下來的打算，早已積欠數月的水電帳單未繳，徒留計畫攻讀博士的我收拾殘局。他們在我出國考試這段期間，一個一個回國，屋主一氣之下，連坐處罰，三天內要求我也搬走。那是一座早就設計好的火坑，我是無知跳下的那個人。

搬走前最後一個早晨，我在杳無人聲、遭到斷電的空房子裡醒來。天是陰的，家裡沒有電、沒有暖氣，我穿上好幾層衣服，坐在地上發呆。最後逼著自己起身，打亮了唯一的手電筒，整理行李，上網查回臺灣的機票。

那是一個山窮水盡的時刻，我被逼到了無處可去無法可想。回家，是唯一的路。

絕處逢生

在那樣的絕境之中，老天爺似乎聽到了我的祈求，讓我遇到英國爸媽。他們在我最萎頓的時刻認識我，聽我說話，帶我去看雪封的大山大湖大原野，做好吃的英國家常食物給我吃，讓我坐在他們家暖呼呼的火爐旁邊，喝英國媽媽煮的天下第一南瓜濃湯，還有英國爸爸特調的愛爾蘭咖啡。我在他們雅致舒適的中產階級屋子裡彈琴唱歌，放空玩耍。晚上抱著英國媽媽給我捂的熱水袋，在柔軟的被窩裡進入夢鄉，度過幾個不生病也不失眠的好夜。在他們眼中，我是他們最年幼的女兒，在這個寒冷的國度，得到不求回報的溫暖。

不僅如此，我還遇到了大教授老爺爺。老爺爺在我最無助的時刻，接了我的電話，要我拿著碩士班的成績單和論文，隔天去辦公室找他。於是在距離我碩士班學生簽證到期的最後幾天，我拿到博士班的入學許可，得到英國爸媽接下來幾年無微不至的照顧，還有獲得兩位無論是學術或人品都讓我敬佩的老師的首肯，答應帶著我做口譯研究。

一個山窮水盡的冬天，終於柳暗花明。

感謝有你

回顧這一段經歷，當時我不敢讓人知道太多，因為連我自己也無法承受。家人或許知道學業的事，好友或許知道生活的事，姊妹淘或許知道感情的事，但全數加起來還不是一塊完整的回憶。能夠把這些經歷完整的寫下來，就說明我已經可以坦然。

二〇〇八年秋天第一次到英國，我對自己說，要學會獨自走一條長長的道路，好經由沉澱學會堅強。數年過去，我要學習的課題依舊很多很多，但是回望來時路，每一次都感激因為有這些碰撞挫傷，我才有這麼多的故事可以跟你們分享。

過去種種，不管風刀霜劍，都是壯碩的養分，穿越不華麗的羈絆，也可以轉身望見永恆的美麗！

3-12 鎮院之花：女博士生的掙扎與絕望

在我就讀博士班時，中國同學間常常流傳一句玩笑話：「這世界上有三種人：男人、女人和女博士。」這話用來諷刺或隱約讚揚讀到博士班的高學歷女生，不過在我就讀博士班的幾年當中，接觸到的許多女性博士生同學，其實都各有各的故事。

幾年前，早在我剛剛開始博士班的課程之初，就聽聞鎮院之花的傳說。鎮院之花有兩朵，分別是來自東北亞的梨花姊姊和西非來的玫瑰大嬸。研究室裡的老學長總是告誡我，儘量和這兩朵花保持距離，以免憾事不斷，糾纏不清。我初來乍到，對於學長的話感到半信半疑，移民局裡的難民和監獄裡的罪犯我都見了不少，區區幾位博士學姊能有多可怕？梨花姊姊除了有點疑神疑鬼，鮮少與人接觸外，並不是個討厭鬼；玫瑰大嬸笑容可掬，還對我這個新人問候頻頻，更不應該有什麼問題。

寒夜哭嚎

一直到某個趕功課的深夜。那是個大雪天，研究室裡的中央控暖週末是不開的，我冷到手指發麻，打字不靈活，起身到小廚房準備熱水溫手。還沒有進廚房，走廊上傳來低低的啜泣聲。我想著幾小時後的截稿時間，還是不管三七二十一的向前走。長廊裡，冷不防一隻冰冰的手掌抓住我。

我還沒來得及叫，梨花姊姊一迭連聲的泣訴，問了好幾遍：「Angy，你說說，你是不是我的朋友？」她身上披著一年四季不離身的長版白色羽絨衣，紅絨貝尼帽下，直長髮掩住臉的一半。縱使在這種情況下，我仍然必須承認膚色白皙、身材修長、五官精緻的梨花姊姊，實在是個美女。不過當時她緊緊抓著我，淚痕處處的蒼白臉頰和目光凌厲的大眼睛，襯著走廊昏暗的白光，不能說不恐怖。

我強壓住害怕，鎮定的回答說：「我當然是你的朋友啊。」梨花姊姊聽了不但沒有平靜下來，更加激烈的嚎哭：「為什麼，為什麼你們每個人都說是我的朋友，為什麼你們是我的朋友還要背後搞我，去學校告發我？我已經走投無路了，為什麼你們還要這樣逼我？」我一頭霧水，只能從哭喊中大致拼湊了事情的原委：梨花姊姊不知何故，跟樓上研究室的大家都處不來，似乎被聯合起來向學校舉發。梨花姊姊研究不順，又遭逢學校警告，想要找我這位剛進來的「朋友」替她背書，去研究室幫她求情或是陪她參與學校的行政會議。我不記得當時自己究竟是如何逃離梨花姊姊的糾纏，只知道自己回到研究室後，在那個沒有暖氣的夜晚，我居然已經憋出一身汗。

冷漠，才是真正的殘忍

那是第一次，也是最後一次，我聽到梨花姊姊講那麼多話。接下來的數年間，梨花姊姊在我們學院就像是幽靈一樣，除了點頭、搖頭、臉上似無若有不超過兩秒鐘的微笑，我沒有再聽過她跟誰談超過兩句的話。梨花姊姊成了樓上研究室的禁語，每一次上樓找跟我要好的韓國姊姊和泰國姊姊，只要梨花姊姊一進來，研究室裡似乎就自動下了封口令。久而久之，我也跟其他人一樣，很自然地避免跟其他人談論關於她的話題。

很久很久以後，樓上同事某天輕描淡寫的提起梨花姊姊，說她消失了，誰人也沒有告訴。已經唸了六年的學位不要了，快要完成的論文荒廢了，就這麼消失了。有人說她病倒了，有人說她獎學金不夠了，因此只能包袱款款回家。有人說她自從前幾年的情傷以後，就不太正常。最多的是可惜，她可是當年大學唯二兩名優秀獎學金的得主之一啊！所有關於梨花姊姊的故事，似乎都是傳聞，院裡沒有人真的是她的朋友，或者說，她鮮少與人交流，導致她的存在就如同她的消失，從來沒有引起過討論或關注。

暗夜驚魂

相對梨花姊姊的船過水無痕，玫瑰大嬸的故事就轟轟烈烈，沸沸揚揚許多。玫瑰大嬸的研究室在我隔壁，只要是同一個樓層，研究室鑰匙都是相通的。第一年的時候，我好幾次進到自己的研究室，卻發現玫瑰大嬸在裡頭晃悠。她有著各式各樣的理由：隔壁電燈壞了來這裡看書；隔壁印表機沒墨水了來這裡印；隔壁找不到橡皮擦來這裡借；或是待在自己的研究室沒有靈感，到別人的研究室寫論文的成效更佳。我一直尊其為學姊，對於玫瑰大嬸這樣模稜兩可的舉動不置可否。

又是一個跟作業期限賽跑的夜晚。我好不容易把成果交給老師，開心地走進小廚房想要熱一杯牛奶慰勞自己。整條走廊黑漆漆一片，整個大樓應該就只剩下我一人。可是這時隔壁黑暗的研究室，突然傳來拖動物品的聲音。我腦子裡冒出無數個念頭，如果是認真的同事回來加班，肯定會開燈；如果是警衛，應該會有手電筒的光束；如果是小偷呢？我還沒有準備好，隔壁研究室的門便猛然開啟，竄出一條粗胖的黑影。我嚇得魂飛魄散，反射性大叫，發現那張臉不是別人，正是玫瑰大嬸。她睡眼惺忪地斥責我：「大半夜的開什麼燈，你打擾到我睡眠了！」我瞠目結舌，學校明文規定不可以留宿，你在研究室裡打地鋪還不准別人開燈，這算是哪門子的規矩？

後來我回臺灣收集數據，幾個月之後回到研究室，關於玫瑰大嬸的抱怨，如雪片般飛來。有位學長抱怨玫瑰大嬸把公用印表機的紙張整疊拿走，另一位學姊則抓到玫瑰大嬸翻弄他人的所有物，反被玫瑰大嬸控訴她「持有水果刀」違反規定。一位與我交好的學妹最忿忿不平，說我不在的這段時間，玫瑰大嬸只要有機會，就霸占我的位置。我聽著關於玫瑰大嬸的種種，想著大家都是異鄉遊子，這點小事就忍一時風平浪靜，畢竟我也不想看到梨花姊姊的事再次上演。只是，天不從人願。

無辜受累

有一陣子研究不那麼順利，我既無心思也沒時間準備飲食，帶著小果汁機到學校，用餐時間就把蔬菜水果攪成一塊，喝掉了事。玫瑰大嬸看了想要仿效，也隨我準備一盒盒的蔬果，洗洗切切地打成汁喝。某天中午，我不喝果汁，用微波爐加熱前天做好的便當。玫瑰大嬸這時進來，對著冰箱一陣翻找。我向她點頭微笑，她卻突然對我開火：「問也不問就把別人放在冰箱裡的蔬果丟掉，是沒有教養還是不知羞恥？」我整個人莫名其妙，看著她滿臉問號。打掃婆婆此時走了進來，或許是多了聽眾，玫瑰大嬸高聲喝斥得更起勁：「都是唸到博士的人，還這樣心肝黑，手骯髒，你媽是這樣教你的嗎？」

罵我沒關係，髒字問候到我媽，一下子讓我心頭火起。但現實反映出來，也只是冷靜自制地回嘴，表示自己沒有動過冰箱裡的任何不屬於自己的東西，請先搞清楚狀況再反應。回到研究室，一位學妹看我帶著一股肅殺之氣，馬上前來關心。一問之下才知道事情的原委，那一位學妹聞到冰箱內傳來蔬果的腐臭味，便將污染源清除，以免其他食物遭殃，於是學妹做的「功德」便被玫瑰大嬸不分青紅皂白地算在我頭上。

她的另一面

類似的事情幾乎每天都在上演，院裡幾乎沒有人能跟玫瑰大嬸和平共處。可是在那個唯一一次沒有地方去的聖誕夜，回到研究室趕功課的我，碰見玫瑰大嬸握著手機，用我從來沒有聽過的溫柔聲音，不知道在跟誰通電話。我快速通過她，聽見她一聲一聲叫著「寶貝」，說：「親親，你要乖，媽媽寫完功課回家帶你出去玩。」隔著長長的走廊，玫瑰大嬸粗嘎的嗓音極盡和婉的說：「寶寶，聖誕快樂，寶寶乖，好好睡。」我靜靜的站了一會，眼裡有淚。

吵吵鬧鬧中，玫瑰大嬸的博士唸了七年終於畢業。畢業季恰逢玫瑰大嬸生日，那一日她又踱進我們的研究室，自言自語的說：「我在這裡七年了，都要離開了，生日卻一次都沒有慶祝過。」越南姊姊和我使了眼色，我們很快的準備好生日卡，找了幾個人簽名，又在超市裡買個小蛋糕，找幾個人拿進隔壁研究室裡交給玫瑰大嬸。如果我沒有看錯，那是我第一次看見玫瑰大嬸黝黑的臉上泛起興奮的紅色，也是第一次看見玫瑰大嬸像孩子一樣笑得開懷。

女博士生，也是人

畢業典禮那天，玫瑰大嬸跟我要了名片，她強調了好幾次，我們是好朋友。我很快地將聯絡方式寫給她，忙不迭回頭跟家人朋友拍照，跟生活近六年的校園道別。搬家，回國，上任，教書，我的生活一直向前飛快行進。一萬哩之外，曾經有一棟樓，有很多個晚上，也只有我一個人。不同的是，在那裡還有兩人，跟我一樣因為研究無著、生活粗礪，而相互摩擦過，可是她們都曾經稱呼我為「朋友」。關於鎮院之花的點點滴滴，在忙碌生活的壓縮下，應該很快就會被我遺忘。可是我不住的想，院裡每年送往迎來，有這麼多求學位的人，可能有某些人聽過鎮院之花的點點滴滴。可是有誰跟我一樣，記得那個大雪的晚上，梨花姊姊曾經抓住我這樣一個新「朋友」的手，聲嘶力竭的哭喊？記得玫瑰大嬸曾經在人去樓空的聖誕假期裡，壓低了聲音呼喚地球另外一邊的心肝寶貝？

玫瑰大嬸因為橫行霸道遭到仇視，梨花姊姊因為封閉自我遭到漠視。鎮院之花的兩組故事，告訴我冷漠其實比仇視更殘忍。

3-13 出國不出國：給大學生，恆常的辯論與無常的解答

這一篇，希望能用以解答擔任教師以來，被問得最多的一個問題：來自自己的學生，以前的同學朋友，甚至是原本不認識我但是想要唸口譯的優秀同學，都想知道口譯究竟應該要留在臺灣唸，還是出國學。我給的官方回答都是，如果將來想在臺灣做口譯，那麼好好準備報考臺灣的翻譯研究所，從學生時代就跟著老師和學長姊做會；如果將來職涯規劃口譯只是一個選項而非百分之百的絕對，而且經濟無虞，那麼建議出國。

不悔的歷練

二〇〇八到二〇一四，英國六年，我不後悔。

那段時間，與其說是流光溢彩的日不落國大冒險，不如說是大千世界的小發現，一天又一天。我從一個被呵護長大的小女孩，一下子被迫扔進除了學業以外，生活交際、自我探索、環境適應、未來規劃等等的大命題裡，而且，這些課題沒有輕重緩急，同時來報到。

剛去的時候不會煮飯，每天汆燙和清蒸輪流，食物熟了就吃，一整個學期用不到幾滴油，體重一下子掉了好多。在臺灣去哪裡都有人帶，到了英國，宿舍在山上，回家得爬坡，到哪都得走長長的路，周末扛著一整週的糧食回來，也不例外。冬天大雪，模擬會議後坐最後一班公車回來，邊聽自己的同步口譯錄音，聽著聽著坐過頭，摸黑走回來，還在小樹林裡迷了路。學生宿舍裡遇過霸凌，遭遇過恐嚇，走在路上面對過醉漢的騷擾，也遇過活生生（幸好沒有血淋淋）的種族歧視案件。這些，都在我出國「學口譯」的前幾個月內，硬生生地擠進老天爺準備好了要給我的教材裡。

最基本的食衣住行須重頭學習以外，口譯所甚至後來博士班的課業，重頭戲都在後頭。英國的教育很多時候就是 swim or sink，活下來的畢業了，中間陣亡損傷的，通常不會拿出來說。碩士班的時候還好，無論再難再苦有同學一起，互相砥礪著也就過去了。博士研究時完全不同，研究論文從無到有，好比在黑暗中摸索，跟最糟糕的自己搏鬥。辛苦的時候，有過坐在雪地上大哭；在夜深人靜的校園裡，遊魂狀的漫走，天地間似無歸處。也有過極樂靜美的時刻，做學問的破關滿足，做口譯的學有所用並親見真實世界在眼前推進，涓滴紮實走過，這些生命印記，都是無可取代的。

還有留學時期建立的友誼，無論對象是一起同甘共苦的博士生朋友，是當地伸出援手的國際友人，或是在學校裡工作場合上因為賞識或惜情而生的關係，甚至隔著迢遙的時空仍想盡辦法播送支持與溫暖的臺灣家人與友人，點點滴滴，都是雪中送炭的暖、千里破冰的熱。誰跟誰一起攜手走過那一段，就會是一輩子的革命情誼，千金不換。

不悔的理由

那六年，生命中所有的苦樂悲喜，都最純粹，最絕對。在那樣的時空裡，你會清楚你是誰，你要什麼，你的肩頭扛著何等樣的責任，還有你的未來應該朝著哪個方向走。

我其實不是鼓吹出國唸書，若是時光回溯到十年前，如果可以選，我的第一志願實在是留在臺灣，留在母校，然後一路安適穩妥的邁入而立之年。可是老天爺一定有祂的道理，十年前推我出國，四年前送我回國。前幾年不在臺灣的經驗，像小美人魚用尾鰭換腿，因為離開海水帶來極大的痛苦，卻也因為有了雙足，探索未知的廣大陸地，帶來性靈上無與倫比的美麗。再來一次，我相信自己會做一模一樣的決定。

回覆的末尾，我總要強調再三，我的回答僅就根據我自己的經驗，這樣的經驗建構出來的觀點，其實已經跳脫在哪裡學口譯的範疇，而進入生命價值的認識與探索了。好為人師的職業病發作，仍然想要盡善盡美的回答問題。於是，沒錯，在國外學口譯回國，確實沒有地緣關係，一開始的時候極為辛苦。可是反過來想，一刀一劍一步一腳印打出來的江山，不就更有理直氣壯珍惜與欣賞的資本？況且正本清源，口譯這一行，與其說是一門學科，不如說是一項技藝，好比學一種樂器或精熟一項運動，完全是師父領進門修行在個人，無論哪一個學校都有傑出的畢業生。還有，路是人走出來的。如果熱情和堅持可以讓我這樣一個一直到高中，英文成績都僅微微贏過不斷被當的數學成績的駑鈍資質，有一天可以靠英文吃飯，在英文系工作，我相信所有來尋求答案的諸位，都是實力雄渾的後起之輩，你們的未來，責任在你們肩上，答案在你們手中。

至於老師我呢，就等你們回來，十年之後把故事告訴我！

國家圖書館出版品預行編目（CIP）資料

不華麗也可以轉身：雙聲同步，口譯之路 / 陳安頎 著. -- 初版 -- 臺北市：
匠心文化創意行銷，2018. 07
面； 公分. --（渠成文化）
ISBN 978-986-95798-7-2（平裝） 811.7

【渠成文化】Pretty Life 006

不華麗也可以轉身

雙聲同步，口譯之路

作　　者　陳安頎
圖書出版　匠心文化創意行銷有限公司
發 行 人　張文豪
出版總監　柯延婷
執行總編　郭茵娜
內文整理　游原厚
內文校對　蔡青容
美術設計　呂詩曼
E-mail　cxwc0801@gmil.com
網　　址　https://www.facebook.com/CXWC0801
總 代 理　旭昇圖書有限公司
地　　址　新北市中和區中山路二段 352 號 2 樓
電　　話　02-2245- 1480（代表號）
印　　製　藝霖印刷股份有限公司
定　　價　新台幣 380 元
初　　版　2018 年 7 月

ISBN 978-986-95798-7-2